AF561457

# VEILLÉES

## POÉTIQUES ET MORALES.

VEILLÉES
Poétiques et Morales
Suivies
des plus beaux Fragmens d'Young
en Vers Français
Par
M. BAOUR DE LORMIAN.
A PARIS
Chez Latour, Grande Cour du Palais Royal
Delaunay, Palais Royal Galerie de Bois,
Brunot l'Abbe, Quai des Augustin, N.33
De l'Imprimerie de P. Didot.

# AVERTISSEMENT.

Lorsque les Nuits d'Young parurent pour la première fois en France, elles excitèrent un enthousiasme général. Mais les hommes de goût, dont le suffrage constitue la véritable gloire, ne tardèrent pas à ramener l'opinion un moment égarée. Depuis longtemps on ne voit dans Young qu'un écrivain dont l'esprit se tourmente dans tous les sens pour enfanter des idées sombres, et qui n'arrive qu'à une farouche misanthropie. Cependant quelques pensées fortes et sublimes, semées par intervalles dans son volumineux ouvrage, prouvent qu'il n'étoit pas dépourvu de génie.

En composant mes *Veillées*, dont la couleur se rapproche quelquefois de celle d'Young, j'ai dû m'imposer l'obligation d'être aussi bref que l'auteur des *Nuits* est long et diffus. Le genre philosophique et moral offre peu de variété; et je n'ignore pas que des lecteurs français, qui ne cherchent dans la poésie qu'un moyen de multiplier leurs jouissances, doivent se lasser bientôt d'une suite de tableaux uniformes, fussent-ils tracés d'ailleurs avec une supériorité de talent qui me manque. Aussi, de tous les ouvrages que j'ai publiés jusqu'à ce jour, ce dernier, quoique le moins considérable, est celui qui m'a coûté le plus de soins, et que je soumets au jugement du public avec le plus de défiance.

# MINUIT.

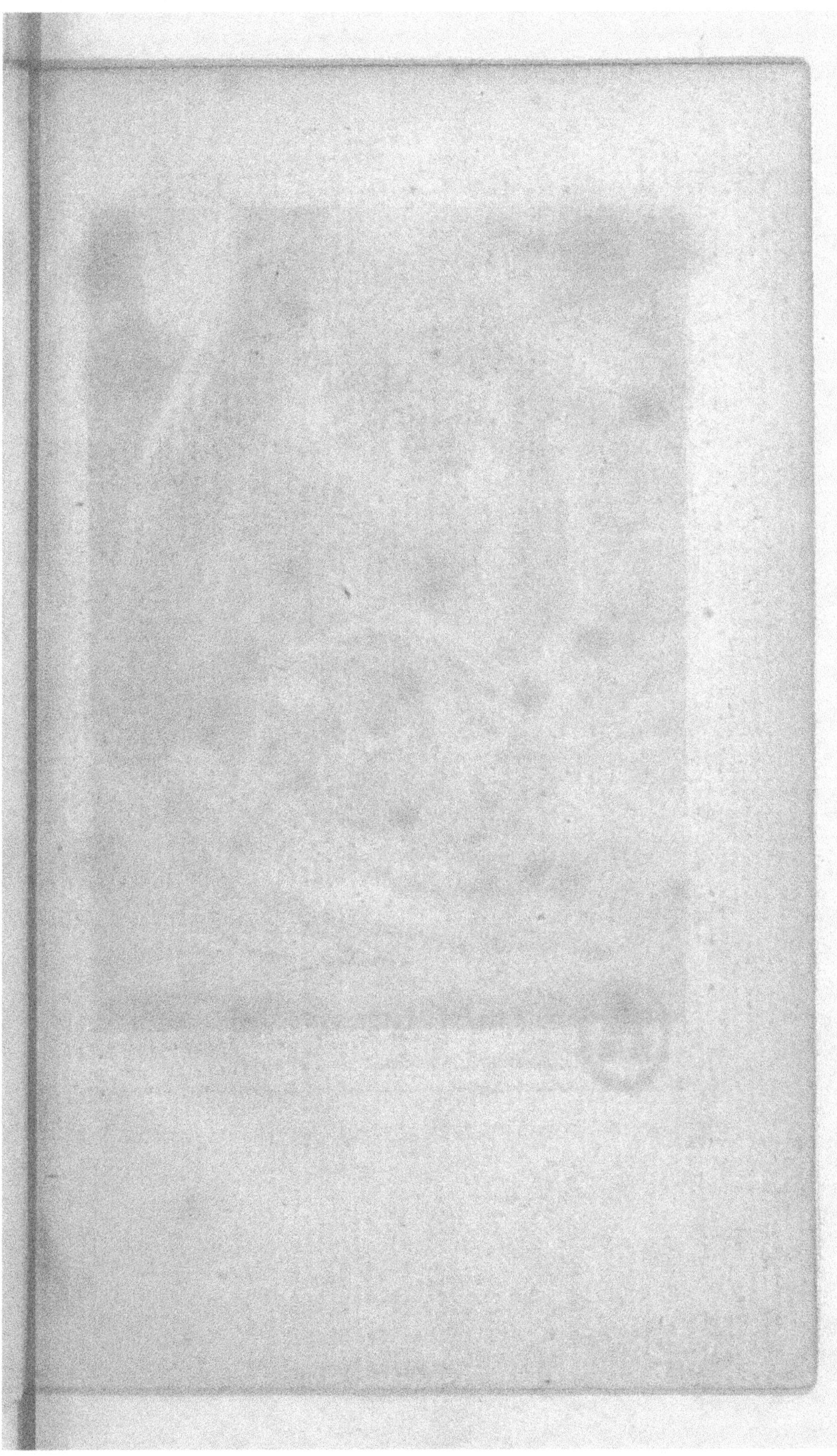

*Comme ton sein est froid ?*

# MINUIT.

## PREMIERE VEILLÉE.

L'AIRAIN frappe minuit... Dans nos folles demeures
Ce n'est qu'en les perdant que nous comptons les heures...
Je ne sais quel mélange et de charme et d'effroi
Se mêle au vaste deuil qui règne autour de moi.
L'astre des nuits se lève. A sa pâle lumière
Tout change, se confond dans la nature entière;
Et mon œil, entouré de prestiges divers,
Voit dans l'ombre s'étendre un magique univers.
Ce rocher sourcilleux n'est plus un bloc informe;
C'est un monstre, un géant d'une stature énorme.

Ces chênes, ces sapins, confusément épars,
En dômes arrondis, élevés en remparts,
D'une ville aux cent tours me retracent l'image.
Que le souffle des vents agite le feuillage,
Il me semble aussitôt que de lointains accords
S'élèvent tristement sur la tombe des morts.
La Superstition, qu'exalte le silence,
Sur le mortel crédule à minuit se balance.
Le Scandinave, errant au sein des bois profonds,
Des Esprits lumineux, des Sylphes vagabonds,
Rois au sceptre de fleurs, au changeant diadême,
Voit se multiplier les prestiges qu'il aime.
Dans la coupe d'un lis tout le jour enfermés,
Et le soir s'échappant par groupes embaumés,
Aux rayons de la lune ils viennent en cadence
Sur l'émail des gazons entrelacer leur danse;
Et de leurs blonds cheveux, dégagés de liens,
Les Zéphyrs font rouler les flots aériens (1).
O surprise! Bientôt dans la forêt antique
S'élève, se prolonge un palais fantastique,

Immense, et rayonnant du cristal le plus pur.
Tout le peuple lutin sous ces parvis d'azur
Vient déposer des luths, des roses pour trophées.
Vient marier ses pas aux pas brillans des fées,
Et boire l'hydromel qui pétille dans l'or,
Jusqu'à l'heure où du jour l'éclat douteux encor,
Dissipant cette troupe inconstante et folâtre,
La ramène captive en sa prison d'albâtre.

Plus loin, au pied d'un mont obscurci de vapeurs,
Sous le chêne d'Odin les trois fatales Sœurs,
Monstres que le Danois en frémissant adore,
Au fracas du torrent, aux feux du météore,
D'un breuvage fatal commencent les apprêts.
Quel est le roi puissant que menacent leurs traits?
Un poignard à la main, pâles, échevelées,
Elles chantent. Leur voix rugit dans les vallées;
Et les spectres, du fond des sombres monumens,
Accourent éveillés par leurs enchantemens.
Que dis-je? ah! des tombeaux franchissant la barrière,
Si les morts, en effet, rendus à la lumière,

Reviennent quelquefois errer autour de nous,
O ma mère! ô ma sœur! spectres charmans et dou[x]
A cette heure de paix quand ma voix vous appell[e]
Pourquoi reposez-vous dans la nuit éternelle?
Mais du fatal sommeil qui s'endort une fois
De la tombe jamais ne soulève le poids.

Tout est calme. Zéphyr m'apporte sur son aile,
Avec l'esprit des fleurs, les sons de Philomèle:
Tandis que par ses chants de tristesse et d'amour
Les bois sont consolés de l'absence du jour,
Que fait l'Homme, ce roi dont la force ou l'audace
De la terre et du ciel lui soumettaient l'espace?
Naguère à la clarté d'un soleil radieux
Il étendait par-tout ses soins laborieux,
Du poids de ses vaisseaux chargeait l'onde inconstant[e]
Emprisonnait les vents dans la voile flottante,
Parcourait l'univers en monarque indomté,
Et semblait le remplir de son immensité.
Que fait l'Homme? Au repos son ame s'abandonne
Il abdique un moment sa brillante couronne;

Le sommeil sur son front épanche des pavots,
Et lui verse l'oubli de ses mâles travaux.

Mais quoi? tous les mortels sans trouble, sans alarmes,
Du repos à longs traits savourent-ils les charmes?
Non, ministre d'un Dieu, l'équitable sommeil
Vient punir des forfaits qu'éclaira le soleil.
Le Crime tourmenté de noires rêveries
S'agite, se débat sous le fouet des furies.
L'Innocence respire un air pur et serein;
L'espoir, la douce paix, habitent dans son sein,
Et ces enfans du ciel, sur son front qui repose,
Versent tous les parfums de leurs ailes de rose.

Maintenant échappés de leurs antres secrets,
Les brigands réunis veillent dans les forêts:
L'œil sombre, et respirant une homicide joie,
A travers ces détours ils attendent leur proie.
Un bruit lointain les frappe... Ils s'arment... Ciel vengeur!
Sous leurs couteaux de mort tombe le voyageur...
Meurtris ton sein d'albâtre, ô vierge infortunée!
Celui que, sur ta couche aux plaisirs destinée,

Appellent ton amour et tes vœux superflus,
Pâle, insensible, froid, déja ne t'entend plus.
Edvin allait s'unir à la jeune Azémire;
Après un doux lien le couple amant soupire.
Ce jour que dès long-tems appellent tous leurs vœux;
Le beau jour de l'hymen va se lever pour eux;
Et cependant Edvin à s'éloigner s'apprête.
Eh, quoi! de notre hymen on dispose la fête,
Dit Azémire en pleurs, et tu veux me quitter?
Du devoir le plus saint il me faut acquitter,
Lui répond son amant. Une mère adorée
Ne doit pas embellir cette pompe sacrée.
Tremblante sous le poids et des maux et des ans,
Elle ne peut bénir les nœuds de ses enfans:
Eh bien, je vais la voir; je l'entendrai moi-même
Solliciter pour nous la clémence suprême.
Demain, béni par elle, et plus digne de toi,
Demain, avant *minuit* j'aurai reçu ta foi.
Il dit, et part. Soudain, plaintive, solitaire,
Azémire ressent un trouble involontaire.

Mais un plus doux espoir est rentré dans son sein.
Qu'ai-je à craindre ? dit-elle : il reviendra demain.
  Des ombres de la nuit déja tout s'environne :
Azémire au repos, heureuse, s'abandonne,
Et les songes d'amour enchantent son sommeil.
Le lendemain ses yeux, à l'instant du réveil,
S'étonnèrent de voir l'aurore accoutumée
Se montrer sans éclat, sans fraîcheur embaumée :
Un voile triste, sombre, enveloppait les cieux,
Et l'oiseau du matin restait silencieux.
Oh ! combien Azémire, en son inquiétude,
Accuse de ce jour la longue solitude :
Lentement il se traîne, et son heureux déclin
A donné le signal de l'approche d'Edvin.
La jeune amante alors, par l'espoir embellie,
Respire des langueurs de sa mélancolie ;
On s'empresse autour d'elle ; et l'art ingénieux
Se plaît à la parer de cent dons précieux.
Les perles et les fleurs, avec goût mariées,
Se courbent sur sa tête en tresses variées ;

Et sa sœur, au regard pudique et virginal,
Attache sur son sein le bouquet nuptial.
On ouvre cependant la gothique chapelle;
Les flambeaux consacrés dont l'autel étincelle,
L'encens, les vases d'or, le prêtre du Seigneur;
Tout n'attend plus qu'Edvin. Mais par sa jeune sœur
Dans la pieuse enceinte Azémire amenée
A voulu devancer l'heure de l'hyménée:
Elle a voulu prier le Monarque éternel
De jeter sur Edvin un regard paternel.
Tout le hameau voisin, rassemblé dans le temple,
Forme des vœux pour elle, et prie à son exemple.
Edvin ne revient pas... Qui l'arrête, grand Dieu!
Quel obstacle jaloux l'éloigne du saint lieu?
L'heure fuit... Azémire, à l'autel prosternée,
Se tait, et n'ose encor se croire abandonnée.
Enfin ne cachant plus le trouble qui la suit...
L'horloge du château frappait alors *minuit:*
Le son lugubre roule et meurt dans l'étendue.
Mais au faite sacré la cloche suspendue

D'elle-même s'ébranle, et semble avec effort
Tinter les cris du meurtre et le glas de la mort.
Le vent se lève, gronde autour de ces portiques,
Pénètre en tourbillon sous les voûtes gothiques,
Et de l'autel divin renverse tous les feux;
L'horreur sur chaque front fait dresser les cheveux.
Hors du temple aussitôt la foule répandue
Entraine dans ses flots Azémire éperdue.
Tout fuit, tout l'abandonne à ses justes frayeurs.
Mais que dis-je? Insensible à force de douleurs,
La vierge, solitaire, errant ainsi qu'une ombre,
Précipite ses pas à travers la nuit sombre.

Non loin du vieux château s'étend un bois obscur,
Muet, impénétrable aux rayons d'un jour pur.
Jamais sous cette voûte immense, ténébreuse,
L'oiseau n'a soupiré sa romance amoureuse;
Seulement de l'orfraie on entend quelquefois
En sons mourans et sourds s'y prolonger la voix,
Et le reptile, au pied de ces vertes murailles,
De son corps en sifflant promène les écailles.

C'est là, c'est vers ces lieux d'horreur environnés,
Qu'Azémire, adressant ses pas désordonnés,
Porte son désespoir, ou plutôt son délire.
Étrangère à l'effroi qu'un tel séjour inspire,
Elle marche au hasard, lorsque du bois épais
Un hurlement lointain trouble l'affreuse paix:
Il redouble... il s'approche... O surprise soudaine
Azémire, est-ce Edvin que le ciel te ramène?
Regarde, reconnais ce Médor tant chéri,
Compagnon de son maître et par ses mains nourri
La lune, en ce moment, sur le bois homicide
Laissait tomber à peine un jour sombre et livide.
De son dernier malheur osant douter encor,
A travers la forêt, sur les pas de Médor,
Azémire s'élance : enfin Médor s'arrête.
Azémire!! la foudre éclate sur sa tête.
Quel objet! son Edvin, meurtri, défiguré!...
Elle attache sur lui son œil désespéré,
Horriblement sourit, et de ses mains tremblantes
Parcourt, semble compter les blessures sanglante

« Eveille-toi, dit-elle, il est tard... A l'autel
« On nous attend tous deux... Quel silence mortel!
« Edvin, ouvre les yeux... Reconnais Azémire.
« Comme ton sein est froid... » Sa voix alors expire :
Elle chancelle, tombe, et bientôt la douleur
Décompose ses traits, presse et brise son cœur.
  Le jour parut enfin. Loin de ces lieux funestes
Du couple malheureux on emporta les restes.
Le château paternel s'enveloppe de deuil;
La guirlande d'hymen entoure le cercueil;
Et la mer, rugissant autour des funérailles,
D'un insensible flot bat ces tristes murailles (2).

---

# NOTES.

(1) Les peuples du Nord croient en effet à l'existence de ces êtres fantastiques qu'ils appellent *Sylphes* ou *Génies*. Le retour de la nuit est le signal de leurs travaux et de leurs plaisirs. Les uns s'occupent à faire circuler des veines d'or dans le sein des montagnes; les autres plongent au fond des mers pour y répandre avec profusion les perles et les coraux. Tous se rassemblent au milieu de la nuit dans un palais brillant de lumière, et qu'ombragent des cèdres et des citronniers. C'est là qu'ils se livrent au charme des banquets et des concerts jusqu'à l'approche du crépuscule : ils se séparent alors, et vont se cacher dans le calice des fleurs. Le chef de ces bienfaisans génies se nomme *Oberon*. *Titania*, son épouse, toujours éclatante de fraîcheur et de beauté, tient en main une baguette

de lis, et porte sur sa tête un diadème de roses. C'est elle qu'invoquent les amans malheureux. Cette charmante fée est accessible à leurs plaintes. Pour les secourir elle descend des cieux sur un rayon de la lune, et les esprits qui composent son cortége font retentir lés airs d'une musique tendre et mystérieuse.

(2) J'ai cru devoir placer à la fin de chaque *Veillée* les fragmens d'*Young* qui ont quelque rapport avec mon sujet. Les personnes auxquelles la lecture d'*Young* est familière s'apercevront facilement que dans cette imitation très-libre je n'ai voulu que rassembler les traits remarquables qui se trouvent épars dans l'ouvrage informe du poëte anglais.

# LA NUIT

## ET LA SOLITUDE,

### FRAGMENS D'YOUNG.

Sommeil, baume enchanteur, pure et fraîche rosée,
Toi qui viens rajeunir la nature épuisée...
Mais il me fuit. Pareil à ce monde pervers,
Il s'éloigne des lieux qu'assiégent les revers;
Il s'éloigne, il échappe à la plainte importune;
Et, désertant la couche où gémit l'infortune,
Il va se reposer en de riches palais,
Sur des yeux que les pleurs n'obscurcissent jamais.
Maintenant au milieu de sa route étoilée,
Assise sur son char, et d'un crêpe voilée,
La Nuit, la sombre Nuit, roulant au haut des airs,
Sous un sceptre d'ébène accable l'univers.
Quel deuil religieux! Tout se tait... tout sommeille...
Je ne vois rien : nul son ne frappe mon oreille.

Silence, obscurité, seuls témoins de mes pleurs,
Inspirez-moi des chants dignes de mes malheurs.
Mais faut-il implorer votre vaine puissance?
Noirs enfans de la Nuit, Obscurité, Silence,
Qu'êtes-vous, répondez, devant le Dieu fécond
Qui, peuplant du chaos le sein vaste et profond,
Envoya du matin les étoiles joyeuses
Essayer dans l'azur leurs courses lumineuses,
Et signaler aux yeux de l'univers naissant
La force et la splendeur de son bras tout puissant.
Etre immortel! c'est toi que dans ces vers j'implore.
Si d'un voile d'or pur ta main couvrit l'aurore,
Et sur un char de flamme éleva le soleil,
Oh! viens de ma raison éclairer le réveil!
Fais luire dans mon âme un rayon de sagesse.
Je voudrais un moment surmonter ma foiblesse,
Un moment m'arracher à l'aspect de mes maux,
Et des destins de l'homme esquisser les tableaux.
    Que l'homme est pour lui-même un effrayant mystère!
De mille passions esclave involontaire,
Portrait décoloré de son auteur divin,
De ce monde d'un jour atôme souverain...

Qui suis-je, Dieu puissant? A ma faible paupière
Quelle main peut ravir, peut rendre la lumière?
Vous, que je pleure encore et que j'ai tant chéris,
Qui vous offrez dans l'ombre à mes yeux attendris,
Beaux fantômes, Lucie, et toi, jeune Narcisse,
De ce cœur, à-la-fois, le charme et le supplice,
Parlez, éclaircissez mes doutes inquiets.
Dans la tombe pour vous il n'est plus de secrets.
Quel est donc ce destin que je ne puis comprendre?...
Parlez... Mais dans les airs ils passent sans m'entendre.
Je reste seul, flottant, et dans l'obscurité
Mes regards incertains perdent la vérité.
  Mais pourquoi, n'écoutant qu'une sombre tristesse,
Sur mes propres malheurs m'appesantir sans cesse?
Hélas! pourquoi me plaindre ou ne plaindre que moi?
Young, l'astre du jour ne luit-il que pour toi?
Es-tu seul malheureux? Ah! reprenons courage.
La peine est des mortels le commun héritage.
La femme avec le jour transmet à ses enfans
Tous les maux attachés au destin des vivans.
Par-tout la race humaine, à souffrir condamnée,
Pleure, et comme un fardeau porte sa destinée.

Ici, dépossédés de la splendeur du jour,
D'un père, d'une amante, exilés sans retour,
Des hommes engloutis dans les mines profondes,
Y puisent un métal corrupteur des deux mondes.
Là, par un vil despote à la rame attachés,
D'autres avec effort sur les vagues penchés,
Habitans de ces mers où les tempêtes grondent,
Tourmentent un esquif que leurs sueurs inondent.
D'autres, ô désespoir! pour des maîtres ingrats,
Sanglans et mutilés au milieu des combats,
Dans la honte et l'ennui d'un abandon funeste,
Tendant à la pitié le seul bras qui leur reste,
Vont mendier un pain d'opprobre et de douleur,
A travers ces états sauvés par leur valeur.
Ceux-là sont sur le trône. Une garde assidue
Veille dans leur palais jour et nuit répandue.
Ils n'ont qu'à dire un mot : de nombreux bataillons
Au bout de l'univers plantent leurs pavillons....
Mais les soucis rongeurs, plus puissans que leurs armes,
S'attachent à leurs pas, les entourent d'alarmes;
Et le même destin pèse de tout son poids
Sur le front des sujets et la tête des rois.

Jeune voluptueux qui, dans la fleur de l'âge,
Ecoutes en pitié ce sévère langage,
Qui, livrant ton oreille à la voix des amours,
Prodigues follement le trésor de tes jours,
Crois mes sages conseils : qui nous flatte nous trompe
Le monde te sourit : enivré de sa pompe,
Au doux accord des jeux, des graces et des ris,
Tu sommeilles en paix sous des berceaux fleuris.
Sors de l'enchantement : regarde sur ta tête
Un calme plus sinistre encor que la tempête.
Ainsi que toi, jadis, ivre de volupté,
J'errois dans les détours de ce monde enchanté,
Quand tout-à-coup le son de la cloche fatale
Que balance la Mort de sa main sépulcrale
M'arrachant à ma folle et criminelle erreur,
Je me suis parcouru d'un regard de terreur...
  Palais aériens, demeures fortunées
Où ne se comptent plus les jours et les années,
Qu'habitent des plaisirs sans cesse renaissans,
Et qui ne doivent rien aux prestiges des sens;
Séjour délicieux où l'Eternel préside,
Ce n'est qu'en votre sein que le bonheur réside.

Comme j'ai vu bientôt le mien s'évanouir !
Mes yeux de son éclat se laissaient éblouir.
J'ai tenté de le suivre, et n'ai suivi qu'une ombre
Qui m'a laissé perdu dans un dédale sombre.
Oh! si j'avais connu, dans ma jeune saison,
Le néant des faux biens qui troublent la raison ;
Si j'avais su du moins, repoussant leur image,
A la vérité seule adresser mon hommage,
Et charger ses autels de vœux et de présens,
Que j'aurais épargné d'ennuis à mes vieux ans!
O mort! si l'univers est ton vaste domaine,
Au gré de ton courroux que ta faux s'y promène;
Efface sous tes pas les empires fameux;
Arrache le soleil de son char lumineux;
Que sa flamme s'éteigne au fond des noirs abîmes ;
Mais n'as-tu pas assez de ces grandes victimes?
Pourquoi me poursuis-tu sans relâche, et pourquoi
Menacer un vieillard aussi foible que moi,
Un atôme invisible et perdu sur la terre?
Je dormais : réveillé par trois coups de tonnerre,
Et Philandre, et Narcisse, et Lucie, à mes yeux,
Dans la nuit et la poudre ont rejoint leurs aïeux.

Mais à ce souvenir les forces m'abandonnent;
Le deuil, la solitude et l'effroi m'environnent.
Objets de tant d'amour, ah! lorsqu'à mes ennuis
Je viendrais consacrer la plus longue des nuits,
L'alouette joyeuse annoncerait l'aurore
Que des pleurs de mes yeux s'échapperaient encore.
Mais je l'entends : sa voix pénètre en ce séjour....
Oh! qu'elle est diligente à saluer le jour!

---

# LES MONDES.

# LES MONDES.

## SECONDE VEILLÉE.

Qu'il est puissant cet Etre architecte des mondes,
Qui, peuplant du chaos les ténèbres fécondes,
Fit éclore le jour, fit bouillonner les mers,
Alluma le soleil, dessina l'univers;
Et de ces astres d'or roulans dans leur carrière,
Prodigua sous ses pieds la brillante poussière!
Où commence, où finit le travail de ses mains?
Vers quels lieux inconnus des fragiles humains,
De la création accomplissant l'ouvrage,
A-t-il dit aux esprits qui lui rendent hommage:

« Enfans du ciel, ici s'arrêtent mes travaux;
« Je n'enfanterai plus de prodiges nouveaux ? »
Nuit, de tant de trésors sage dépositaire,
Qui portes dans ton sein le monde planétaire,
Dis-moi, ne puis-je voir le monarque éternel
Assis dans son repos auguste et solennel ?
Et vous, au char du pôle étoiles attelées,
Toi, brillant Orion, vous, Pléiades voilées,
Où faut-il diriger mes pas et mon ardeur,
Pour contempler ce Dieu dans toute sa splendeur ?
Mais en vain chaque nuit mon zèle vous implore;
Dans ces lieux qu'embellit une éternelle aurore
Vous voyez votre maître, et ne trahissez pas
Le secret de l'enceinte où s'impriment ses pas.
Faut-il donc s'étonner qu'aux jours de l'ignorance
Ces astres, qui des dieux offrent la ressemblance,
Aient usurpé l'encens des crédules mortels ?
Le sage dans son cœur leur dresse des autels,
Et, contemplant du ciel la majesté suprême,
Au milieu de la nuit se demande à lui-même :

« Quel art dut présider à ce dôme éclatant,
« Sur un fleuve d'azur sans orage flottant ?
« Rien dans tous ses rapports n'annonce l'indigence.
« La sagesse, le choix, l'ordre, l'intelligence,
« Savamment confondus brillent de toutes parts;
« Un seul lien unit tant de mondes épars.
« O surprise! tandis qu'un mouvement rapide
« Les emporte à travers cet océan limpide,
« Que tout part, va, revient, se balance, s'étend,
« Roule, vole, et se suit dans un ordre constant,
« Quel silence profond règne sur la nature?
« Quelle main de ces corps éleva la stature,
« Quel invisible bras, par la force conduit,
« Sema d'or et de feux les déserts de la nuit,
« De ces astres roulans étendit la surface,
« Et versa leurs rayons au milieu de l'espace,
« Plus nombreux mille fois que les sables des mers,
« Les perles du matin, les flocons des hivers;
« Et tous ces flots qu'au sein des villes consumées
« Promène l'incendie aux ailes enflammées ?

« C'est en vain que l'impie ose élever la voix,
« Et dépouiller encor l'Eternel de ses droits.
« Oui, la religion est fille d'Uranie;
« Tout d'un Dieu créateur atteste le génie;
« Il est sans doute un chef qui sous ses pavillons
« De ce peuple étoilé range les bataillons.
« Guerriers du Tout-Puissant, ministres de sa gloire
« Leurs mains à ses drapeaux attachent la victoire.
« Quel œil pourrait les suivre en leur brillant essor
« Des casques de rubis pressent leurs cheveux d'or;
« De saphirs immortels rayonne leur armure;
« Leurs rangs aériens, sans trouble, sans murmure
« S'étendent par milliers dans l'éther radieux,
« Et veillent en silence à la garde des cieux. »
Et l'homme, incessamment témoin de ces spectacles
Pour croire à l'Eternel demande des miracles!!
Des miracles! ingrat, contemple l'univers.

Mais au brillant aspect de ces globes divers,
Je ne sais quel délire a passé dans mon ame;
Je me crois enlevé sur des ailes de flamme,

Et du sein de la terre élancé vers les cieux,
Le globe des vivans disparaît à mes yeux.
J'ai franchi de la nuit l'astre mélancolique;
Je touche au voile d'or, au voile magnifique,
Qui des mondes lointains me cachait la grandeur.
Perdu dans ces rayons d'éternelle splendeur,
Je m'égare à travers des soleils innombrables,
De vie et de chaleur foyers inépuisables.
Que vois-je! un long espace, un désert enflammé!..
Sans doute du grand Roi le trône accoutumé
S'élève dans ces lieux... Vain espoir qui m'abuse!
A se montrer déja l'Eternel se refuse:
Il est encor plus haut; par-delà les soleils;
Par-delà tous les cieux et leurs palais vermeils.
Arrêtons un moment... aussi bien ma paupière
Ne s'ouvre qu'à regret et fuit tant de lumiere.
Commandons, s'il se peut, à mes sens effrayés!
Quel amas d'univers sous mes pas déployés!
Que d'astres radieux, de sphères vagabondes!
Me voici seul, debout sur le sommet des mondes.

Invisibles témoins de mon secret effroi,
Habitans de ces bords, parlez, rassurez-moi.
Dans ce monde où bientôt dormira ma poussière,
L'homme ne vit qu'un jour de trouble et de misère
Les yeux à peine ouverts, il gémit, et pressent
Les ennuis du séjour qu'il habite en passant.
Vous que déja mon cœur chérit sans vous connaître
Si loin du grain mouvant où le ciel me fit naître,
Partagez-vous, hélas, notre funeste sort?
De douleurs en douleurs marchez-vous à la mort?
Mais, sans doute, étrangers aux passions humaines
Un sang aérien fait palpiter vos veines.
Vous ne connaissez pas nos besoins renaissans;
Tous ces fougueux desirs, orages de nos sens.
Aussi pur que le ciel qui vous sert de ceinture,
Chacun de vous respire et nage à l'aventure
En des flots lumineux dont la foudre et les vents
Respectent le cristal et les trésors mouvans...
Eh quoi! vous m'entendez, et n'osez me répondre!
Que votre voix s'élève et vienne me confondre

Si dans ma folle erreur, multipliant les cieux,
Je tends vers l'infini mon vol audacieux.
Que dis-je? et qui pourrait sans crime et sans blasphême
Assigner quelque borne à l'artisan suprême!
S'il créa d'un seul mot l'atôme et l'univers,
N'a-t il pu s'entourer de cent mondes divers?
Mon ame aime à le croire. Ici bas exilée,
Elle vole en espoir dans la sphère étoilée,
Sous ces berceaux d'azur, à travers ces jardins,
Où rayonnent la pourpre et l'or des séraphins.

Mortel qui dans la nuit majestueuse et sombre
Contemples loin de moi ces prodiges sans nombre,
Tous ces milliers de cieux, miroir éblouissant
Où vient se réfléchir le front du Tout-Puissant,
Oh! que le grand destin promis à ta noblesse,
Fasse battre ton cœur d'une sainte alégresse;
Reconnais du Très-Haut le bienfait paternel:
Ces mondes passeront; toi seul es éternel.
Oui, toi seul...Mais où suis-je? et quel rayon m'éclaire?
L'avenir se dévoile à mon œil téméraire;

Tout s'émeut... tout frémit... dans l'espace arrêté,
Le Tems même suspend son vol précipité.
Voici l'heure dernière; une voix qui menace,
La voix du Dieu vivant tonne au sein de l'espace:
« Fils des hommes, sortez de la profonde nuit;
« Le grand jour est venu; l'éternité vous luit; »
Alors du fond des bois, des eaux et des vallées,
Les générations se lèvent désolées;
Et deux rideaux de flamme au même instant ouvert
Offrent dans sa splendeur le Roi de l'univers.
Sur un trône flottant où l'or pur étincelle,
Il repose entouré de sa garde fidelle;
Dans sa main resplendit le glaive lumineux;
Vingt soleils à ses pieds rassemblent tous leurs feu
Ses habits sont semés d'étoiles flamboyantes,
Et l'éther réfléchit leurs clartés ondoyantes;
Mais le fatal arrêt est déja prononcé;
De la création le prodige a cessé.
L'homme seul, des tombeaux secouant la poussièr
Superbe, revêtu de force, de lumière,

S'élève, et va s'asseoir dans le palais divin;
Sur sa tête immortelle éclate un jour sans fin.
Tandis qu'à son bonheur les harpes applaudissent;
Que de l'hymne d'amour tous les cieux retentissent;
Quel spectacle ici bas! Mille sombres vapeurs,
Des astres de la nuit éclipsent les lueurs.
L'Océan mutiné soulève les orages,
Gronde dans tous ses flots, franchit tous ses rivages.
Les montagnes, les tours, les cités, leurs remparts,
Dans les flots irrités croulent de toutes parts;
Les cieux sont des volcans; mille éclairs en jaillissent;
Mille foudres rivaux se croisent et rugissent;
Tous les enfans de l'air, turbulens, vagabonds,
S'échappent à la fois de leurs antres profonds,
Se heurtent en courroux, et d'une aile hardie,
Aux plus lointains climats vont porter l'incendie.
Les astres arrachés de leurs axes brûlans,
Du sommet de l'éther l'un sur l'autre roulans,
Nourrissent de leurs feux la flamme universelle;
Déja brille et s'éteint la dernière étincelle.

Fuyons, fuyons la mort... Mais la mort est par-to
Sur l'univers détruit son fantôme est debout.
Dans l'antique chaos la nature retombe;
Toute une éternité va peser sur sa tombe.
Dieu chasse devant lui, comme de vains brouillar
La poudre des soleils dissous de toutes parts;
Et, porté sur un char où sa colère gronde,
Il passe, et dans sa course il efface le monde.

# NOTES.

(1) Plusieurs écrivains distingués ont déja traité le même sujet. M. de Fontanes, entre autres, a répandu, dans l'*Essai* sur l'astronomie, tout l'éclat de son talent. Cet ouvrage est trop connu pour qu'il me soit permis d'en rien extraire ; mais je croirai faire un véritable plaisir à mes lecteurs en remettant sous leurs yeux un fragment du *Génie de l'homme*, par M. de Chênedollé. Son poëme, rempli de beautés du premier ordre, est loin encore d'occuper le rang qu'il mérite.

Mais quel astre, étalant son écharpe d'albâtre,
Blanchit des vastes cieux le pavillon bleuâtre?
Laissez-moi contempler, du front de ces côteaux,
Ce disque réfléchi qui tremble sur les eaux!
Liée à nos destins par droit de voisinage,
La lune nous échut à titre d'apanage;

Et l'éternel contrat qui l'enchaîne à nos lois,
D'un vassal envers nous lui prescrit les emplois :
Par elle nous goûtons les douceurs de l'empire.
Des traits brûlans du jour quand le monde respire,
Tributaire fidèle, en reflets amoureux,
Elle vient du soleil nous adoucir les feux ;
Tantôt brille en croissant, tantôt luit toute entière,
Et commerce avec nous et d'ombre et de lumière.
Cet astre au front mobile, en voyageant dans l'air,
Obéit à la terre, et commande à la mer ;
Ramène de Thétis la fièvre régulière,
Et balance ses flots sur leur double barrière.
Dans un cercle inégal mesurant chaque mois,
La lune, autour de nous, marche et luit douze fois ;
Et son pas suit de près les pas de notre année.
Satellite paisible, elle nous fut donnée
Pour dissiper des nuits la ténébreuse horreur,
Et cette obscurité, mère de la terreur.
Tandis que le soleil, éclairant d'autres mondes,
Ne laisse sur ses pas que des ombres profondes,
O Phébé ! dévoilant ton char silencieux,
Vers les monts opposés lève-toi dans les cieux ;

Sur le dôme étoilé que ton éclat décore,
Le soir, fais luire aux yeux une plus douce aurore;
Et remplaçant le jour qui par degrés s'enfuit,
Prends de tes doigts d'argent le sceptre de la Nuit;
De tes tendres clartés caresse la nature,
Rends leur émail aux champs, aux arbres leur verdure.
A travers la forêt que ton pâle flambeau
Se glisse, et du feuillage éclairant le rideau,
A l'âme, en ses pensers doucement recueillie,
Révèle le secret de la mélancolie!
Quel demi-jour charmant! quel calme! quels effets!
Poursuis, reine des nuits, le cours de tes bienfaits;
Protége de tes feux, et rends à son amante
Le jeune homme égaré sur la vague écumante;
Au voyageur perdu dans de lointains climats
Prête un rayon ami qui dirige ses pas:
Tandis que le sommeil, les songes, le silence,
Doux et paisible essaim qui dans l'air se balance,
Planent près de ton char, et composent ta cour.
  Centre de l'univers et monarque du jour,
Le soleil, cependant, immense, solitaire,
Dans son orbe lointain voit rouler notre terre.

Il échauffe, il nourrit de ses jets éclatans
Ces globes, loin de lui, dans le vide flottans,
Et les animant tous de ses clartés fécondes,
De ses rênes de feu guide et retient les mondes.
Lui seul, de l'univers supportant le fardeau,
Il en est le foyer, et l'axe et le flambeau:
En tournant sur lui-même il échauffe sa masse,
Et dispense ses feux jusqu'aux bords de l'espace;
Ardent, inépuisable en sa fécondité,
Inébranlable, et fixe en sa mobilité.
Soleil! astre sacré, contemple ton empire!
Tout vit par tes regards, tout brille, tout respire:
Souverain des saisons, le monde est ton palais,
Les globes sont ta cour, et le ciel est ton dais.
Notre terre à tes yeux sans fin se renouvelle,
Et roulant nos débris sur sa route éternelle,
Le Tems emporte tout, mais il ne t'atteint pas.
Les révolutions, longs tourmens des Etats,
Ebranlent notre globe et te sont étrangères;
Tu n'es jamais troublé du bruit de nos misères;
Et ton front, toujours calme, éclaire les tombeaux
Des peuples dont tu vis s'élever les berceaux.

Qui pourrait s'égaler à ta vaste puissance?
Ta présence est le jour, la nuit est ton absence,
La nature sans toi, c'est l'univers sans dieu.
Père de la lumière, et des vents et du feu,
Renfermant dans les plis de ta robe éclatante,
Le rubis, l'émeraude et l'opale inconstante,
D'une pluie à jets d'or inonde l'univers;
Et, la décomposant dans le prisme des airs,
Nuance des saisons la mobile ceinture;
Suspends au front des bois un réseau de verdure;
Et, prodiguant par-tout un luxe de couleurs,
Dore, argente ou rougis le panache des fleurs;
Donne un habit de neige au lis qui vient d'éclore,
Et l'arc-en-ciel au paon, et la pourpre à l'aurore;
Et garde pour les cieux ce pavillon d'azur,
Ce manteau de saphirs d'où s'échappe un jour pur,
Et que la vaste mer réfléchit dans son onde.
Voilà comme par toi se décore le monde.
O! de quel saint transport mon cœur est agité,
Grand astre! quand tes feux dans l'air ont éclaté,
Soleil! quelle est ta pompe? oui, lorsque ta lumière,
Symbole radieux de ta beauté première,

Enflamme les forêts, les monts et les déserts,
Brille, et se multiplie en flottant sur les mers,
Je crois voir de Dieu même, au sein de son ouvrage,
Par-tout se réfléchir la glorieuse image;
Et, dans l'ombre du soir, ton globe moins ardent
Vient-il à se pencher aux bords de l'occident,
Qu'avec respect encor j'y retrouve l'emblême
Du souverain moteur, lorsqu'il fixa lui-même
A la création un terme limité,
Et rentra dans la nuit de son éternité.

---

# LES CIEUX

## ÉTOILÉS.

### FRAGMENS D'YOUNG.

Oui, c'est assez gémir, assez verser de pleurs,
Et fatiguer le ciel du cri de mes douleurs.
O Nuit! de l'univers reine antique et sacrée,
Toi qui verras finir le monde et la durée,
Si du fils de *Jessé* tu daignas autrefois
Monter la harpe sainte et soutenir la voix
Loin des bornes du monde où mon ame s'élance,
Dans ces heures de paix, de deuil et de silence,
Viens toi-même échauffer mes sublimes transports.
Viens... que des immortels j'égale les accords.
   L'enfant de *Sibaris* veille encore dans l'ombre.
Est-ce pour admirer les prodiges sans nombre
Qu'étale à nos regards la splendeur de la Nuit?
Non, non, la Volupté, dont l'attrait le séduit,

Le promène au milieu de ses fêtes impies.
De profanes beautés, rivales des Harpies,
Se disputent son or, l'abreuvent tour à tour
Du philtre, des poisons d'un impudique amour;
Et le soleil, levé pour éclairer le monde,
Le retrouve abruti par la débauche immonde.
Arrête, malheureux! si ton cœur abattu
N'est pas sourd à ma voix et mort à la vertu,
Lève les yeux au ciel, qu'épouvante ton crime,
Et contemple avec moi sa majesté sublime.
S'il te faut des parvis et des dômes brillans
Où l'or se mêle aux feux des cristaux vacillans,
Viens sous la voûte immense où Dieu posa son trône;
Et pour Jérusalem renonce à Babylone.

Vois l'astre au front d'argent: son éclat tempéré
Charme ton œil vers lui mollement attiré:
Plus doux que le soleil il caresse ta vue,
Et te laisse jouir d'une scene imprévue.
Vois comme ses rayons tremblent sur les ruisseaux,
Mêlent l'albâtre au verd des jeunes arbrisseaux,
Se glissent divisés à travers le feuillage,
Et blanchissent au loin les roses du bocage.

Du globe des vivans, du terrestre horizon,
Détache à cet aspect ton cœur et ta raison.
Suis mes pas sans effroi : viens ; nouveaux *Prométhées*
Dérobons tous leurs feux aux voûtes argentées ;
Et, nous applaudissant de ce noble larcin,
Réveillons la vertu qui dort en notre sein.
Entre au fond du brasier où la foudre s'allume,
Où de l'éclair naissant bouillonne le bitume !
Mesure sans pâlir, dans son orbe trompeur,
Cet astre vagabond qu'exagère la peur,
Qui, les cheveux épars et la queue enflammée,
S'offre comme un fantôme à la Terre alarmée !
Dans son horrible éclat, vois un ciel orageux !
Ou plutôt, affranchi du tourbillon fangeux
Qui pesait sur ton ame et la tenait captive,
Dans un ciel tout d'azur que ta vue attentive
S'égarant au hasard de beautés en beautés,
Compte du firmament les berceaux enchantés.
L'alégresse, l'amour, dans ton cœur se confondent ;
Tu viens parler aux cieux, et les cieux te répondent.
Quels sublimes objets ! quel luxe ravissant !
Le jour n'a qu'un soleil à l'horizon naissant ;

Et de mille soleils la Nuit est éclairée.
Mille astres, à ma vue interdite, égarée,
Epanchent à-la-fois des torrens lumineux
Qui, sans les fatiguer, éblouissent mes yeux.
Innombrables soleils, vous, planetes errantes,
Et de lois et de mœurs familles différentes,
Qu'importe, dites-moi, cet amas fastueux?
Palais aérien, temple majestueux,
Loges-tu l'Eternel?... Insensé! quelle audace!
Dès que je nomme Dieu, toute pompe s'efface.
L'univers comme un point disparaît devant moi,
Et le sujet se perd dans l'éclat de son roi.
Dieu n'est point dans sa cour un tyran solitaire.
D'innombrables esprits, assidus à lui plaire,
Autour de lui rangés, veillent incessamment.
L'or, la perle et l'azur, forment leur vêtement.
Peut-être chaque étoile, éclatant dans l'espace,
Est un trône où s'assied leur immortelle race.
Citoyens lumineux de cet autre univers,
Affermissez nos pas, consolez nos revers.
Moi-même je vous dois, au déclin de mon âge,
L'aurore d'un espoir, d'un bonheur sans nuage.

Les ans et votre voix ne parlent plus en vain :
Ils m'ont de la sagesse aplani le chemin.
Et toi, que j'implorais dans ces heures chéries
Où des amans vers toi montent les rêveries,
Nuit solitaire, adieu : tu ne m'entendras plus
Exhaler dans ton sein des regrets superflus.
Mes esprits sont glacés ; ma force m'abandonne.
Je cesse de chanter ; la Nature l'ordonne.
Le Sommeil, si long-tems exilé de ces lieux,
Y rentre, et de son sceptre il vient toucher mes yeux.
Doux Sommeil, désormais charme mes destinées :
Promets-moi de beaux jours par des nuits fortunées.
Que tes pavots tardifs assoupissent mes sens !
Ecarte de mon lit les spectres menaçans :
Mais que l'Espoir, la Paix, déités inconnues,
Descendant à ta voix sur un trône de nues,
Leur baguette à la main, leurs blonds cheveux épars,
Des roses sur le front, enchantent mes regards !
Du palais où Dieu seul recevra mon hommage,
Que des songes charmans me présentent l'image !
Dieu puissant, seul appui qui reste à ma douleur,
Source de vérité, d'amour et de bonheur,

Toi qui, d'un souffle pur fécondant la matière,
Fis éclore la vie et jaillir la lumière;
Qui, régnant sur un trône invisible aux humains,
Enfermes les soleils, les mondes dans tes mains,
Seul tu connais l'instant où d'un bras redoutable
La Mort doit me lancer le trait inévitable.
Bientôt mes faibles yeux se fermeront au jour;
Mais ne les laisse pas se fermer sans retour.
D'un regard de pitié contemple ma misère;
Et dans mon juge encor que je retrouve un père.

---

# L'INCERTITUDE

## DE LA VIE.

Ma Mère me voici!

---

# L'INCERTITUDE

## DE LA VIE.

### TROISIEME VEILLÉE.

A-T-ON VU, dans les nuits de l'été dévorant,
Se détacher du ciel un météore errant,
Qui s'éteint au milieu de sa chûte enflammée?
Tel est notre destin. L'or et la renommée,
Le trône, les plaisirs, tous ces fantômes vains
Qu'adorent à genoux les vulgaires humains,
Rien ne peut à nos lois par un charme suprême
Assujettir le souffle émané de Dieu même.
Oui, ces réseaux mouvans, ces fils inaperçus,
Que sous les toits déserts l'araignée a tissus,

Sont plus forts que les nœuds dont l'étreinte nous lie.
Un moment au bonheur, un moment à la vie.
O douleur ! que de fois un père en cheveux blancs
Pleura sur le tombeau de ses jeunes enfans (1) !
Hélas ! il se flattait qu'un jour leur main si chère
Au soleil des vivans fermerait sa paupière ;
Il les voyait sourire, et son cœur enchanté
Les dotait en espoir de l'immortalité.
Mais qu'un amant sur-tout à tromper est facile !
Comme il prête au plaisir une oreille docile !
En voyant de ce front l'incarnat vif et pur,
L'albâtre d'un beau sein que nuance l'azur,
Et de ces longs cheveux les ondes caressantes,
Et de ce corps de lis les formes ravissantes ;
Le malheureux s'abuse, et sa crédulité
Lui fait d'une mortelle une divinité.
L'éclair brille soudain... la foudre vengeresse
Gronde et brise à ses pieds l'autel et la déesse (2).

Dans un vallon tranquille, aux campagnes d'Enna
Que de ses flots brûlans fertilise l'Etna,

S'élevait, entouré de parfums et d'ombrages,
Un château, monument des antiques Pélages;
Pure comme un beau jour de ces climats rians,
Sous les yeux paternels, Amélie, à seize ans,
De tous les dons du ciel fleurissait embellie;
Pourtant on ignorait quelle mélancolie
Lui faisait des destins pressentir le courroux,
Et versait dans son cœur un charme triste et doux.
On ne la voyait point sur l'émail des prairies,
Au printems, égarer ses molles rêveries,
Ni, dans le bois prochain devançant le soleil,
Des oiseaux et des fleurs épier le réveil.
Elle aimait à gravir la roche solitaire;
A voir l'astre des nuits sortir avec mystère
Des flancs noirs du nuage, et de pâles rayons
Blanchir l'azur des flots et la cime des monts.
Bien jeune, elle pleurait une mère adorée.
Par les soins d'un époux en marbre figurée,
Cette mère si tendre, à ses pieds, chaque jour,
Voyait couler des pleurs de regret et d'amour.

Debout sous le parvis de l'antique édifice,
Presque vivante à l'œil, comme un ange propice
Qui diffère un moment son retour vers les cieux,
Elle semblait veiller à la paix de ces lieux.
Sa fille en deuil, sa fille à cette auguste image,
Venait, silencieuse, adresser son hommage.
Quelquefois, à travers les pleurs et les sanglots,
Elle disait : « Du sein de l'éternel repos,
« Arrête encor sur moi tes vœux et ta pensée :
« Cette terre d'exil où tu m'as délaissée
« N'est qu'une solitude ouverte à mon ennui,
« Et du monde avec toi mon bonheur s'est enfui. »
Elle disait. Pourtant une modeste flamme,
En faveur d'Orsano faisait brûler son ame.
Par sa mère autrefois avaient été bénis
Ces nœuds dont aux autels ils doivent être unis.
Un père enfin l'ordonne, et leur hymen s'apprête;
L'airain religieux en proclame la fête.
Vers le temple voisin le couple fortuné
D'un cortége nombreux s'avance environné.

Ils entrent... Quel moment! une pompe rustique
A rajeuni pour eux la vieille basilique ;
Des vierges du hameau les groupes innocens
Font monter vers le ciel la prière et l'encens.
On croirait que, témoin de l'auguste hyménée,
Dieu même avec plaisir en bénit la journée.
L'Etna, dont le soleil, abandonnant les flots,
De ses premiers rayons éclairait le repos;
Les sons du rossignol que l'écho solitaire
Renvoyait affaiblis aux murs du sanctuaire;
Les vallons embaumés du souffle matinal;
La rose au sein pudique, et le lis virginal,
Et les vertes forêts que la pourpre colore,
Tout semblait saluer et l'hymen et l'aurore.

Mais les jeunes amans sont au pied des autels,
Le pontife a reçu leurs sermens immortels;
Tout-à-coup Orsano, jetant sur Amélie
Un regard plein d'amour, la voit pâle, affaiblie...
Elle tremble, et des pleurs s'échappent de ses yeux :
Enfin ils sont époux. Bientôt loin de ces lieux,

Ensemble ils ont revu le toit héréditaire.
« D'où naît, dit Orsano, ce trouble involontaire?
« Pourquoi donc en tes yeux et sur ton front charmant
« Ne vois-je pas l'excès de mon ravissement?
« De quel muet effroi tu sembles poursuivie!
« Te repens-tu déja du bonheur de ma vie?
« Orsano, lui répond la sensible beauté,
« Va, mon cœur est heureux de ta félicité;
« Mais, quand à l'Eternel j'adressais ma prière,
« J'ai cru voir... Non, j'ai vu le spectre de ma mere
« S'approcher de l'autel, éteindre les flambeaux,
« Et de loin me montrer la route des tombeaux.
« Le fantôme a paru tristement me sourire.
« —Ah! tu m'as fait frémir.—Sa voix semblait me dire:
« C'est en vain qu'Orsano veut régner sur ton cœur
« Dieu ne te permet pas de faire son bonheur;
« Dieu te rejoint à moi; du monde il te sépare;
« Ton banquet nuptial dans les cieux se prépare.
« A ces mots, elle a fui mon regard alarmé...
« Cependant, Orsano, je t'aurais tant aimé!!

— « Peux-tu croire un moment que ta mère chérie,
« Abandonnant le ciel, sa nouvelle patrie,
« Brise des nœuds par elle approuvés autrefois;
« Non, je suis ton époux, et l'époux de son choix. »
Il se tait; et pourtant près de l'objet qu'il aime
D'une vague terreur il est frappé lui-même.
Mais pour mieux célébrer ces instans solennels,
Retentissent les sons des joyeux menestrels.
On dresse les banquets : les antiques bannières
Flottent sur le sommet des tours hospitalières :
Les filles des vassaux, d'une moisson de fleurs,
Pour l'hymen d'Amélie ont tressé les couleurs;
« Comme un songe riant leur éclat s'évapore,
« Dit elle... ce matin elles vivaient encore. »
Le festin se termine, et déja moins ardent
Le disque du soleil penche vers l'Occident.
Dans la vieille forêt la fête est transportée.
La cime des hauts pins, doucement agitée,
Balance ses parfums aux derniers feux du jour;
Tout rit dans la nature : Amélie, à son tour,

D'un avenir plus doux ose entrevoir l'aurore ;
Son beau teint par degrés s'anime, se colore ;
Ses yeux remplis d'amour, de charme, de langueur,
Déja vers son époux... tout-à-coup, ô douleur !
Un bruit lugubre et sourd fait frémir le feuillage ;
L'éclair serpente et luit sous un ciel sans nuage ;
Nul souffle dans les airs : l'Etna sort du sommeil.
Quel sinistre murmure annonce son réveil !
Un épais tourbillon de cendre et de fumée
S'échappe au même instant de sa bouche enflamm[ée]
Il rugit, et du fond de ses noirs soupiraux,
Mille rochers ardens, mille foudres rivaux,
Se heurtent en fureur; et la nuit ténébreuse,
S'éclaire devant eux d'une lumière affreuse.
Aux lueurs de l'éclair et du mont courroucé,
Loin des jeunes époux tout a fui dispersé;
Ils restent seuls, perdus dans la forêt immense.
O Dieu! sur Orsano jette un œil de clémence!
De sa tremblante épouse il raffermit les pas :
« Eh bien, dit-elle, eh bien, tu ne m'en croyais pa[s]

« Défends-moi maintenant de l'horrible tempête,
« De ce ciel irrité qui menace ma tête.
« Cher époux, ton amour ne peut me secourir ;
« Ne songe qu'à toi-même, et laisse-moi mourir. »
Ses genoux à l'instant se dérobent sous elle :
Mais Orsano, qu'anime une force nouvelle,
L'enlève dans ses bras, et pâle, échevelé,
L'emporte au bruit du ciel par l'orage ébranlé.
Plus d'un sentier confus l'égare dans sa route :
L'Ange de l'infortune en eut pitié sans doute.
Le déplorable amant, après mille détours,
Du château d'Amélie a reconnu les tours.
Sous le parvis désert aussitôt il s'élance.
Cependant Amélie en un morne silence
Demeure encor plongée, et son époux en pleurs
S'efforce d'appaiser de trop justes frayeurs.
« Toi que me disputait la fortune jalouse,
« Il n'est plus de péril... O ma charmante épouse,
« Renais sous mes baisers, ouvre enfin tes beaux yeux! »
Il dit. Un long éclair pénetre dans ces lieux,

Et, d'un bleuâtre éclat entourant la statue,
La dévoile aux regards d'Amélie abattue.
« Ma mère ! » A ce nom seul, à ce plaintif accent
L'écho de ces vieux murs répond en gémissant.
L'orage alors redouble : au fracas du tonnerre,
Au choc des élémens tremble et s'ouvre la terre;
De ses flancs déchirés mille feux ont jailli ;
D'épouvante Orsano lui-même a tressailli.
Sur le sol chancelant, Amélie incertaine
Aux pieds de la statue avec effort se traîne,
Et les presse, en criant... ma mère, me voici !
La foudre éclate alors dans le ciel obscurci ;
Tout tremble ; la statue, à sa base arrachée,
Sur la triste Amélie à l'instant s'est penchée,
Semble étendre les bras, tombe enfin ; et son poi
La renverse sanglante, et meurtrie, et sans voix.
Un moment de sa force elle a repris l'usage.
« Adieu, cher Orsano, rappelle ton courage ;
« Tu vois... » Le lendemain, immobiles, glacés,
On les trouva tous deux se tenant embrassés.

# NOTE.

(1) De toutes les *nuits* ou *complaintes* d'Young celle qui a pour titre *Narcisse* est le plus généralement préférée. La douleur d'un père a quelque chose de religieux et d'auguste qui parle puissamment à tous les cœurs. Les circonstances de la mort de *Narcisse* ajoutent d'ailleurs à l'intérêt du récit. Elle était douce et belle; elle n'avait que seize ans, et son malheureux père la voyait dépérir chaque jour, consumée par une maladie de langueur. Il prit enfin le parti de la conduire dans le midi de la France. Tous les secours de l'art furent impuissans, et *Narcisse* mourut. Le zèle superstitieux des habitans de Montpellier lui refusa les honneurs de la sépulture. Qu'on se mette à la place d'*Young;* qu'on se représente un pauvre vieillard chargé du corps de sa fille, et, traversant des rues solitaires

à la clarté de la lune. Il se vit contraint à creuser lui-même le tombeau de sa fille, et à s'éloigner d'une terre qui renfermait tout ce qu'il aima.

On peut se convaincre, par la lecture de cette pièce, dont je n'ai imité que les principaux détails, combien la manière d'*Young* est défectueuse. Ce luxe de comparaisons, cet abus du genre descriptif, embarrassent la marche et glacent l'intérêt. Ce n'est pas ainsi que Virgile et Racine, ces modèles éternels du goût, auraient chanté la mort d'une fille bien aimée.

# NARCISSE.

O toi, qui, dans les airs par un Dieu suspendue,
De tes pâles rayons éclaires l'étendue,
Lune, fille du Ciel, descends, inspire-moi.
Je pleure une beauté modeste comme toi.
Narcisse! ô mon amour, entends ma voix plaintive;
Et de ton Elysée, à mes maux attentive,
Envisage ce front pâle, d'ennuis couvert,
Et ce cœur paternel au désespoir ouvert...
Du moins, grace aux accords de ma muse éplorée,
L'univers apprendra ta fin prématurée.
Un amphion des bois, aux premiers feux du jour,
Tranquille, soupirait sa romance d'amour.
Ses chants de la forêt troublaient seuls le silence:
D'un long tube soudain le plomb mortel s'élance...
Le printems est sans voix, et l'écho des vallons
Du chantre inanimé ne redit plus les sons.
Ainsi tomba Narcisse: ô fille toujours chère,
Dans quelle solitude as-tu laissé ton père?

Dès que je vis ses yeux voilés par la douleur,
Et ses traits s'obscurcir d'une sombre pâleur,
Pères tendres, jugez comme, plein d'espérance,
Je l'emportai moi-même au midi de la France,
En ces climats plus doux, plus voisins du soleil.
« Ses feux de la beauté hâteront le réveil,
« Me disais-je, et ma fille à mon amour rendue... »
Ma prière, grand Dieu! ne fut pas entendue;
Et ce même soleil qui voit avec dédain
Se faner et mourir la rose d'un jardin,
Vit sans pitié Narcisse, en tous lieux poursuivie,
Exhaler sur mon sein le souffle de la vie.

Qu'elle avait de vertus, de charmes, de candeur!
Quel mélange de grace ensemble et de pudeur!
Comme ses yeux brillaient d'une pudique flamme!
Comme sa douce voix frémissait dans mon ame!
Fraîches roses, beaux lis, œillets majestueux,
De nos rians vallons peuple voluptueux,
Qu'au feu de ses baisers un doux zéphyr colore,
Qui vous désaltérez dans les pleurs de l'aurore,
Et qui chaque matin déployez vos habits
Où tremble la rosée en liquides rubis,

Vous aimiez que ma fille, inconstante et folâtre,
Cueillît tous vos trésors et de pourpre et d'albâtre;
Vous portiez à ses sens, par un charme vainqueur,
Un parfum aussi frais, aussi pur que son cœur.
O filles du Printemps! aimables fugitives,
Symboles de l'espoir et des graces naïves,
Comme nous vous passez de la vie à la mort,
Mais vous ne connaissez ni douleur, ni remord.
Souvenir de Narcisse au tombeau descendue,
Laisse en paix un moment ma tendresse éperdue!
Laisse-moi... Vain espoir... Et le jour et la nuit
Un fantôme adoré m'assiége, me poursuit,
Me demande des pleurs; et dans l'ombre où je veille,
De sanglots douloureux afflige mon oreille.
Tel qu'un daim qu'a percé la flèche du chasseur
Traverse des forêts la sauvage épaisseur:
Il se roule, il bondit sur la fraîche verdure;
Ses stériles efforts irritent sa blessure:
Et par-tout, à travers mille arbustes sanglans,
Il emporte le trait qui tremble dans ses flancs.
Tel de ce faible cœur, siége de mon supplice,
Je voudrais arracher l'image de Narcisse.

Juste ciel! puis-je donc, étouffant ma douleur,
O ma fille! oublier qu'à peine dans ta fleur,
Quand l'Hymen t'apprêtait sa coupe enchanteresse,
J'éloignai de nos bords ta mourante jeunesse;
Que, lorsque de tes jours s'éteignit le flambeau,
On osa te fermer tout accès au tombeau?
Pour couvrir les débris d'une beauté si chère
Je ne demandais rien... rien qu'un peu de poussière.
Je ne pus l'obtenir, et dans mon désespoir,
Enlevant ma Narcisse, et n'osant la revoir,
Quand la nuit vint couvrir cette plage abhorrée,
Chancelant sous le poids de la vierge expirée,
On me vit, dans le champ de larmes et de deuil,
D'une furtive main dérober un cercueil.
J'y déposai ma fille; et, délaissant son ombre,
Je m'enfuis en coupable à travers la nuit sombre.
Père dénaturé, sur le marbre attendri,
Quoi! tu n'as point gravé son nom... son nom chéri?
Aux pieds du voyageur elle sera foulée,
Et nul ne gémira sur sa cendre exilée!...
Malheureux! où t'égare un injuste remords?
Tu l'as remise au Dieu qui veille sur les morts.

# LE CARACTERE

## DE LA MORT. (1)

### FRAGMENS D'YOUNG.

Voici l'heure chérie où, fuyant un vain bruit,
J'aime à m'environner des tableaux de la nuit.
La ténébreuse horreur de ces forêts profondes,
Le murmure lointain et des vents et des ondes,
Les soupirs de l'orfraie, et la lugubre voix
Du hibou solitaire habitant de ces bois,
Tout porte jusqu'au fond de l'ame recueillie
La méditation et la mélancolie.
Dans ce calme touchant de la terre et des cieux,
L'Eternel se dévoile à l'œil religieux.
Tandis que tout se tait sur la terre affaissée,
On remonte vers lui, du moins par la pensée.
On aime à le sentir dans la fraîcheur des airs,
Dans le sommeil des champs d'un long crêpe couverts,

Sur-tout dans les attraits de la vierge nocturne
Qui verse à flots d'argent sa clarté taciturne.
Qu'on vante moins le jour et son éclat trompeur.
La nuit, la sombre nuit, parle mieux à mon cœur.
Minuit sonne : l'amant, plein d'une douce ivresse,
Vole aux lieux fortunés où l'attend sa maîtresse.
Fidèle au rendez-vous que m'ont donné mes maux,
Moi, je viens les rejoindre au milieu des tombeaux.
Des tombeaux! Que la mort est injuste et bizarre!
Que ses jeux sont cruels! Si son courroux barbare
Du moins ne poursuivait que l'âge et le malheur;
Si, pour les balayer dans une nuit d'horreur,
Elle attendait du moins qu'au bout de leur carrière
Tous les corps desséchés tombassent en poussière...
Mais, aveugle en son choix, son bras ensanglanté
Les saisit pleins de force et brillans de santé.
N'est-ce pas moi, grand Dieu! dont la main affaiblie
Creusa la tombe où dort Narcisse ensevelie?...
Oui, la prospérité jette un sinistre éclat.
Une trève est souvent le signal d'un combat.
Ministre de la mort, complice de ses crimes,
La fortune pour elle engraisse des victimes,

Et le front ceint de fleurs à ses pieds les conduit.
Que de fois je l'ai vue en un simple réduit
Chercher un malheureux promis à la misère,
L'entourer des trésors idoles du vulgaire;
Sur un mont élevé, de feux éblouissant,
L'offrir en perspective aux regards du passant;
Et quand à son bonheur l'infortuné se livre,
Qu'il respire à longs traits un encens qui l'enivre,
Le saisir, l'entourer de ses bras ténébreux,
Et l'entraîner au fond d'un précipice affreux.
Le matin, sa splendeur excitait notre envie...
Le soir, de nos regrets sa mémoire est suivie.

Un chêne antique, orgueil des paisibles hameaux,
Au printemps, dans les airs balance ses rameaux.
Philomèle soupire au sein de son feuillage.
Immense il verse au loin la fraîcheur et l'ombrage.
L'herbe flotte à ses pieds. Contre un soleil brûlant
Il protége le pâtre et son troupeau bêlant.
Un siècle il défia les vents et le tonnerre,
Et sa racine plonge au centre de la terre.
Le bûcheron enfin remarque sa hauteur,
S'arme de la cognée, et d'un bras destructeur,

Précipite ses coups : le chêne altier succombe :
Comme un roc bondissant, il se détache, tombe,
Ebranle de sa chûte et les bois et les flots,
Et du vallon sonore éveille les échos.
Ainsi, pour consterner une foule joyeuse,
La mort cherche de l'œil quelque tête fameuse;
Et, soudain la frappant d'un revers de sa faux,
D'un sang illustre et pur abreuve les tombeaux.

# L'IMMORTALITÉ.

# L'IMMORTALITÉ.

## QUATRIEME VEILLÉE.

POURQUOI, me révoltant contre la destinée,
Déplorer nuit et jour, dans ma plainte obstinée,
Mes parens, mes amis au tombeau descendus,
Et la perte de ceux que je n'ai point perdus?
Oui, de stériles pleurs pourquoi mouiller leur cendre?
Dans un monde éternel ils sont allés m'attendre.
Ils coulent dans la paix des jours délicieux,
Et l'astre du matin luit toujours à leurs yeux.
Sans un espoir si doux à notre ame ravie,
Combien serait pesant le fardeau de la vie!
Qui pourrait ici bas supporter ses malheurs,
Et ne pas rejeter la coupe des douleurs?

Mais tout nous entretient du jour de la victoire.
Veux-tu d'un seul regard t'assurer de ta gloire,
Mortel infortuné, contemple l'univers?
Tu ne peux l'observer sans bénir les revers
Que répandit sur toi la Sagesse suprême
Pour épurer ton front promis au diadême;
Sans te croire immortel, et voir ainsi que toi
La nature subir l'inévitable loi.
Inconstante, mobile, elle se renouvelle,
Expire, et cependant rien ne périt en elle.
Vois l'été qui s'avance : il marche sur des fleurs,
Et de son pied de flamme en ternit les couleurs.
De son teint par degrés le vermillon se fane;
Il fuit et disparaît dans l'air moins diaphane.
L'automne prend alors le sceptre des climats;
Il s'envole à son tour : couronné de frimas,
Assis sur des glaçons, dans le char des orages,
Le sombre hiver accourt et presse ses ravages;
Son empire n'est plus : mais brillant de saphirs
Le printems amoureux vole sur les zéphyrs,

Et, fermant de ses mains le cercle de l'année,
Du palais où languit sa force emprisonnée,
Il rappelle l'été qui, lui-même à son tour,
De ses freres rivaux annonce le retour.
  Ainsi grace au bienfait de la loi souveraine,
Dans un ordre éternel tout se suit et s'enchaîne.
Voit-on l'astre brillant qui mesure les jours
S'arrêter et s'éteindre au milieu de son cours:
Par-tout, dans l'univers, la sagesse infinie
Nous donne des leçons et d'ordre et d'harmonie.
Depuis l'aigle superbe, habitante des airs,
Jusqu'au ciron perdu dans les sables déserts,
Tout renait: pourquoi donc le plus noble des êtres
Qui comptent la Nature et Dieu pour leurs ancêtres,
Sur un sol infécond, par ses soins embelli,
Seul dans tout l'univers serait-il avili?
Ce globe est un domaine où sa toute-puissance
S'environne de pompe et de magnificence.
A travers mille efforts par l'obstacle excités,
A la cime des monts il suspend des cités.

Animé par ses doigts, ici l'airain soupire;
Là palpite le marbre, et le bronze respire:
Plus loin la terre s'ouvre et cède ses trésors;
L'Océan contenu bat en grondant ses bords:
Les cieux sont dévoilés; heureux dans son audace,
L'homme soumet aux arts la Nature et l'espace;
En naissant il trouva son séjour ébauché:
A sa perfection, à toute heure attaché,
Il travailla long-tems; et Dieu, qui le seconde,
Acheva par ses mains l'édifice du monde.
Et ce fier conquérant une fois terrassé
Verrait tout son éclat dans la poudre effacé!...
 Quoi! lorsque le héros, le poëte, le sage,
Ont franchi de la mort le terrible passage,
Que la tombe, sur eux se fermant à grand bruit,
Enveloppe leurs fronts d'une profonde nuit,
Il ne resterait d'eux qu'une vile poussière!
Ah! si tel est le sort des fils de la lumière;
Trahi dans son espoir si l'homme infortuné
Du Dieu qui le forma doit être abandonné,

Bravons ce dieu jaloux, ce tyran solitaire;
Qu'il reprenne des jours, présent de sa colère!
Insensé que j'étais! devant lui confondu,
Au pied de ses autels que d'encens j'ai perdu.
O Dieu, que trop long-tems mon cœur voulut connaître,
Impitoyable Dieu, pourquoi m'as-tu fait naître?
Pourquoi, si ton courroux a besoin de mes pleurs,
Par l'aspect de ta gloire irriter mes douleurs?
Fallait-il m'entourer de tes pompeux ouvrages,
Suspendre sur ma tête au-dessus des nuages
Ce firmament d'azur, ces mondes enflammés,
Ces globes d'or roulant, pour toi seul allumés?
Fallait-il tout soumettre à mes lois souveraines;
De la terre à mes mains abandonner les rênes;
Et pour me replonger dans une nuit d'effroi,
Me ravir au néant qui me sauvait de toi...!

Malheureux! qu'ai-je dit? Abjurons ce blasphême.
C'est trop calomnier la clémence suprême;
Non par un vain orgueil mon esprit tourmenté
Ne rêva point la gloire et l'immortalité.

Pour un monde éternel j'ai reçu la naissance;
Tout jusques au sommeil m'en donne l'assurance.
De tranquilles pavots quand mes yeux sont couverts
Mon ame veille encore et parcourt l'univers.
Tantôt développant ses ailes fantastiques,
Sur la cime des monts ou des temples antiques
Elle plane : tantôt du lointain horizon
Elle descend, et vient effleurer le gazon.
Souvent elle traverse une forêt sauvage;
Rêveuse elle s'enfonce au sein du noir ombrage;
Ou d'un vol inconstant, dans les plaines des cieux
Légère, elle se trace un chemin radieux.
Elle vient se mêler à la troupe folâtre
Des sylphes vagabonds, aux épaules d'albâtre,
A la robe d'azur, aux cheveux d'or épars;
Mais qu'un mensonge heureux enchante ses regard
Ou que d'un faux péril elle soit alarmée,
Tout lui parle en secret du Dieu qui l'a formée;
Tout lui dit que sa main l'enchaina dans nos corps
Pour en faire mouvoir les flexibles ressorts;

Mais qu'elle doit un jour, à la gloire rendue,
Remonter vers celui dont elle est descendue.

Et l'homme cependant à toute heure, en tout lieu,
Couvert de la présence et du pouvoir d'un Dieu,
Sur ce globe d'exil s'agite et se tourmente.
Plus son espoir s'accroît, plus sa terreur augmente.
Le monarque et le pâtre, irrités de leur sort,
Se plaignent tous les deux et redoutent la mort.
En murmures ingrats tous deux ils se confondent,
Et du chaume au palais les soupirs se répondent.
Mortel, ces longs ennuis ne t'annoncent-ils pas
Quel bonheur à tes vœux réserve le trépas?
Vois enfin ta noblesse; apprends à te connaître;
Tu naquis pour mourir, mais tu meurs pour renaître.

Que le sage est heureux! Sûr de vivre toujours,
Je l'entends s'écrier: « Pâlis, flambeau des jours;
« Levez-vous, ouragans, et soufflez la tempête!
« Astres, éteignez-vous! Cieux, croulez sur ma tête.
« Mon ame invulnérable, à travers vos débris
« Monte comme la flamme aux célestes lambris;

« Mon ame du Très-Haut est l'image vivante :
« La foudre à son aspect recule d'épouvante ;
« Et les traits de la mort sur les mondes lancés
« S'égarent autour d'elle, et tombent émoussés.
« J'habiterai bientôt ma nouvelle patrie.
« Toi que je pleure encor, mon épouse chérie,
« Que depuis si long-tems je brûle de revoir,
« Sous les parvis du ciel, oh! viens me recevoir;
« Viens, brillante d'amour, d'éternelle jeunesse,
« Conduire le vieillard au banquet d'alégresse;
« Et dans ces beaux palais de feux étincelans,
« Des roses de l'Eden couvrir mes cheveux blancs

# LA GRANDEUR

## DE L'AME.

### FRAGMENS D'YOUNG.

VASTE et hardi Milton, et toi, sublime Homère,
Tous deux pauvres, tous deux privés de la lumière,
Vous chantiez malgré vous dans une longue nuit,
Et moi je crains ce jour dont le flambeau me luit.
Oh! pour mieux contenter ma poétique envie,
Pour mieux peindre aux mortels le néant de la vie,
De vos célestes feux que ne suis-je animé?
Que ne suis-je l'égal du chantre renommé
Qui sut, dans Albion, du chantre de Pergame
Ressusciter l'audace et la divine flamme!
Dans le cercle du Tems las d'être emprisonné,
Vers un monde infini par la gloire entraîné.
Pourquoi Pope a-t-il craint de mesurer l'espace
Où m'emporte aujourd'hui ma téméraire audace?

Soutenu dans son vol sur des ailes de feu,
Il eût vu de plus près la majesté de Dieu;
Il eût pu révéler à la nature entière
De l'immortalité l'ineffable mystère:
Et nous parlant du haut d'un trône aérien,
Consolateur du monde, il eût été le mien.

Si de tous les humains qui rampent sur la terre,
Il en était un seul qui bravât le tonnerre,
Ne connût point la peine et dût être immortel,
Oh! comme, en son honneur élevant un autel,
Les rois de l'univers, les héros et les sages,
En foule à ses genoux porteraient leurs hommages!
Et lorsque du Très-Haut la touchante bonté
Nous partage le don de l'immortalité,
Après un vain bonheur nous soupirons encore!
Homme, le seul trésor dont la pompe t'honore,
Ne va point le chercher aux gouffres entr'ouverts,
Ou des mines de l'Inde, ou des bruyantes mers.
Il repose en ton sein: ce trésor, c'est ton ame.
Que sa possession et t'élève et t'enflamme.
L'incrédule s'aveugle, et ment à sa raison
Quand il borne les cieux au bout de l'horizon,

Et la terre et les cieux l'entretiennent sans cesse
De l'Immortalité, séduisante déesse.
Homme, si le trépas doit détruire à jamais
Ton être malheureux, renonce désormais
A ces droits mensongers que tu crois véritables,
Et va chercher tes rois au sein de tes étables.
Que de ton vain orgueil les torts soient expiés.
Dépose ta couronne et ton sceptre à leurs piés.
Ils paissent le gazon et l'herbe verdoyante
Que fit croître pour eux une main prévoyante.
A travers les vallons, de limpides ruisseaux
Pour étancher leur soif roulent de claires eaux.
Leur simple vêtement, taillé par la nature,
Naît, grandit avec eux, et sied à leur stature.
La plaine est un jardin ouvert à leurs desirs,
Et jamais le remords ne trouble leurs plaisirs.
Souffrent-ils: qu'à leurs yeux, dans le bois solitaire
Tout-à-coup se présente une herbe salutaire,
Eclairés par l'instinct ils savent la cueillir.
A l'aspect de la mort les voit-on tressaillir?
D'une longue douleur ils repoussent l'atteinte,
Et sous le trait fatal ils expirent sans plainte.

Et cet homme si fier, géant audacieux
Qui gouverne la foudre, et qui pèse les cieux,
L'homme desire envain un trépas si paisible.
Hélas! si le destin à ses vœux insensible
Lui garde le néant pour unique trésor,
A ses fougueux desirs qu'il donne un libre essor.
Pleurons sur les mortels, et plaignons la folie
Du sage qui sans but à la vertu s'allie.
  Où vas-tu, citoyen? — Défendre cet état,
Ou dans les champs d'honneur mourir avec éclat.
— Si tu crois que la mort ne détruit point ton être,
Sois brave, j'y consens : je dis plus, tu dois l'être.
Mais en perdant le jour si tu perds tout espoir,
Cesse de me parler de gloire et de devoir.
L'incrédule hardi, qu'un féroce courage,
L'amour honteux du gain, ou la soif du carnage,
Entraînent vers la mort, n'est qu'un vil insensé.
Sois lâche et vis obscur dans la foule placé.
Victime d'une erreur brillante et chimérique,
Enfin délivre-toi de son joug tyrannique,
Reste dans tes foyers. — Ma patrie et mon roi
M'ordonnent de mourir. — Eh! qu'importent, dis-mo

L'une et l'autre à ton cœur? Que t'importe Dieu même,
Si ce Dieu t'abandonne à ton heure suprême,
Et refuse à ton sang noblement répandu
Le salaire éternel que tu lui croyais dû ?
A ses ordres affreux garde-toi de souscrire,
Et laisse un vil tyran qui ne sait que détruire.
D'où naissent cependant tous ces doutes vainqueurs
Et ces cris du remords élevés dans nos cœurs.
Si d'un aveugle instinct je ne suis que l'organe,
Pourquoi cette raison qui toujours me condamne ?
Hommes dégénérés, plus vils que ces troupeaux
Que vous faites marcher au son de vos pipeaux,
Vous qui désenchantez les dons de la Nature,
Qui sans but et sans maître errez à l'aventure,
Sous quel astre fatal, sous quels cieux ennemis
Avez-vous donc ouvert vos yeux mal affermis?
Votre science vaine, en un point contenue,
Ne peut se figurer une terre inconnue;
Ni qu'un atôme faible, et de maux accablé,
Au jour de son trépas vers Dieu soit rappelé.
Qu'il périsse à jamais! Tout se confond, s'égare:
L'ordre est interverti; Dieu de nous se sépare.

Tout se couvre d'ennui, de désespoir, de deuil;
Et la terre et les cieux sont un vaste cercueil.
Que tout soit reproduit : il n'est plus de mystère
Et l'homme ressaisit son sceptre héréditaire.
  Pourquoi donc frissonner au seul nom du trépas
Esclaves du plaisir qui nous tient dans ses bras,
Ivres de sa beauté, notre crainte stupide
Se crée un noir fantôme au front pâle et livide,
Au gigantesque front, au regard enflammé;
Et bientôt oubliant que nous l'avons formé,
Nous tremblons devant lui : notre œil nous exagère
De ce colosse vain la hauteur mensongère.
Misérable terreur! Quel peintre en ses portraits
Put saisir de la Mort les véritables traits?
Repoussons loin de nous un sinistre présage.
Quand l'ombre de la Mort couvre notre visage,
Lorsque s'évanouit un reste de chaleur,
Frappés, nous succombons sans bruit et sans douleu
La fosse, le cercueil, la cloche sépulcrale,
Et le drap de la tombe, et la bèche fatale,
Les ténèbres, les vers, tous ces spectres hideux
Qui troublant les vieillards, s'élèvent autour d'eux

Sont l'effroi des mortels attachés à la vie;
Mais leur ombre au tombeau n'en est point poursuivie.
Une éternelle paix accompagne la mort.
L'homme est un nautonnier dont la tombe est le port.
Tout doit s'anéantir, et pourtant mon oreille
Entend d'un long sommeil le vieillard qui s'éveille
Solliciter des jours, des trésors, des grandeurs...
Eh malheureux! plutôt sonde les profondeurs
De cette mer avide et féconde en naufrages!
Veux-tu donc sur ta tête épuiser les orages?
Instruit par la Nature et par ces cheveux blancs
Que même ont moissonnés l'infortune et les ans,
Détache tes desirs de ce globe de fange,
Et cherche dans la mort un bonheur sans mélange.
Et qu'a-t-il de si doux pour être tant aimé,
Ce monde où tu languis de toi-même charmé?
Tu veux vivre? et pourquoi? Pour reprendre la trace
Où tes pieds ont marché de disgrace en disgrace,
Pour mesurer un cercle insipide et constant,
Voir les mêmes objets; passer en un instant
De la haine à l'amour, de l'amour à la haine,
Et t'affranchir des sens et reprendre leur chaîne,

Et souvent implorer quelque calamité
Qui te délivre au moins de l'uniformité :
Ne crains plus l'avenir ; il n'est point redoutable.
Le Dieu conservateur est le dieu véritable :
Il répand à grands flots de ses propices mains
La paix et le bonheur sur le front des humains.
O terre des vivans, terre de l'infortune,
Tu ne m'entendras plus d'une voix importune
Maudire mes tourmens et mes adversités.
Par des siècles de joie ils seront rachetés.
Loin de cette prison par le deuil obscurcie,
Je reverrai Philandre, et Narcisse, et Lucie.
Tous trois ils sont heureux. Dans leur séjour divin
Ils m'attendent tous trois... M'attendront-ils en vain ?

---

# L'OUBLI
## DE LA MORT.

*La Tempête poursuit l'imprudente Nacelle.*

# L'OUBLI
# DE LA MORT.

## CINQUIEME VEILLÉE.

COMME sur la prairie au matin arrosée
Etincelle et s'épand une fraîche rosée,
Qui bientôt en vapeurs remonte vers les cieux;
Ainsi ma jeune sœur a brillé sous mes yeux.
Toi que j'appelle en vain, durant la nuit obscure,
Emma, toi de mon cœur éternelle blessure,
Hélas! où retrouver ton sourire charmant,
Ton entretien si doux, ton folâtre enjoûment?
Qui me rendra ces jours de paix et d'innocence,
Où l'un et l'autre, à peine en notre adolescence,

Par les mêmes penchans nos cœurs prompts à s'unir,
Des roses du bonheur couronnaient l'avenir ?
Dans ce monde désert mon œil te cherche encore.
Comme un lis virginal qui passe avec l'aurore,
Pâle et le front couvert des ombres de la mort,
Ta défaillante voix me dit avec effort :
« Je n'ai vu qu'un matin. Le vent de la tempête
« Autour de moi se lève, et fait ployer ma tête.
« Demain, ce beau soleil, ô regrets superflus !
« Brillera pour un monde où je ne serai plus :
« Il faut nous séparer, et déja ma paupière...
« O d'un si chaste amour qui t'aimera, mon frère ?...
Depuis ce jour fatal je pleure son trépas,
Et ne vois point la tombe ouverte sous mes pas.

Oui, telle est ici bas notre démence extrême ;
L'homme dans l'esclavage, ou ceint du diadème,
Jouet des passions, du monde et de son cœur,
Flotte de peine en peine, et d'erreur en erreur :
Et pourtant je ne sais quel instinct déplorable
L'invite à prolonger le tourment qui l'accable.

Tel qu'on voit d'Ispahan le ver laborieux ;
Tresser d'un réseau d'or le fil industrieux;
Tel l'homme s'environne, au déclin de la vie,
De ses voiles brillans tissus par la Folie.
Un pied dans le cercueil n'ose-t-il pas encor
Donner à ses desirs un chimérique essor ;
Et soi-même excusant cette lâche faiblesse,
Pour l'avenir douteux réserver la sagesse?

Quand un sang généreux fait palpiter son sein,
Séduite par l'éclat d'un jour pur et serein,
La Jeunesse s'embarque, et follement ravie,
Brave dans ses écueils le détroit de la vie.
Dans sa fougueuse ardeur tout lui semble permis.
Les astres, les saisons et les vents sont amis.
Mais l'ouragan se lève et l'éclair étincelle.
La tempête poursuit l'imprudente nacelle,
Et, trompant les efforts des jeunes matelots,
Les précipite en foule au sein des vastes flots.
Qui put leur inspirer un tel excès d'audace?
Devoient-ils de la mort oublier la menace?

Eh! comment oublier qu'il nous faut tour-à-tour
Passer les sombres bords qu'on passe sans retour?
Où va ce jeune amant, troublé, hors de lui-même
Hélas! le malheureux a perdu ce qu'il aime.
Les parfums du matin et l'or de ses rayons
Se jouant sur la plaine et la cime des monts,
La paix des champs, les soins de l'amitié fidelle,
Rien ne distrait son ame et sa langueur mortelle;
Pour lui tout est muet, triste dans l'univers.
Les cieux d'un voile sombre à peine sont couverts;
Il dirige ses pas vers l'enceinte sacrée
Où dort de nos aïeux la cendre révérée.
Sous la voûte des pins et des cyprès en deuil,
Tel qu'un spectre échappé des ombres du cercueil,
Il s'avance: nul bruit ne trouble son passage.
Mais non: un rossignol, transfuge du bocage,
Des arbres de la mort habite les rameaux,
Et de ses chants d'amour console les tombeaux.
L'infortuné frémit: la pierre sépulcrale,
Qui presse de son poids la beauté virginale,

Vient frapper ses regards !... et lui, pâle, sans pleurs,
En mots désordonnés exhale ses douleurs :
« Une tombe ! voilà ce qui me reste d'elle !
« M'abandonner... mourir et si jeune et si belle !
« Tout repose ; il fait nuit... nous sommes seuls... c'est moi..
« Tu m'as quitté, cruelle ! et cependant pour toi
« Chaque aurore de fleurs la tête couronnée
« Se levoit dans le ciel riante et fortunée.
« De mes jours importuns que faire désormais ?
« Non, tu n'as pu connaître à quel point je t'aimais.
« Oh ! quel voile funèbre enveloppe tes charmes !
« Et ces hommes cruels me reprochent mes larmes !
« Contre mon désespoir je les vois tous s'unir ;
« Tous veulent de mon cœur chasser ton souvenir.
« Moi, t'oublier... jamais... » Il dit : serment frivole.
Avec rapidité le tems fuit et s'envole.
Cet amant consolé des maux qu'il a soufferts,
Parjure envers sa foi, brigue de nouveaux fers,
Et, craignant de la Mort la leçon salutaire,
Il ne visite plus la tombe solitaire.

Plus fidèle que lui, sitôt que le printems
Fait ondoyer des bois les panaches flottans,
Le même rossignol vient, dans la même enceinte,
Soupirer près des morts sa douleur et sa plainte.
   Si seul l'homme du moins subissait le trépas!
Mais tous ses monumens ne lui survivront pas;
Une seconde fois il meurt dans sa statue,
Et sous la faux du Tems son ombre est abattue.
Homme, empire, tout meurt: où retrouver encor
Babylone, Corinthe, et la cité d'Hector?
Elles ont disparu. Reine pâle et terrible!
O Mort! ouvre à mes yeux la profondeur horrible
Du gouffre où dans la nuit flottent tes étendards.
Que de glaives rompus! que de sceptres épars!
Mon souffle seul, perdu dans cet espace immense
D'un écho de la mort réveille le silence.
Et le ver du sépulcre, effrayé par ma voix,
Ronge plus sourdement la dépouille des rois.
   Mais qu'ai-je dit? Au fond d'un vaste mausolée
Sur la pierre funèbre et de mousse voilée,

L'homme a-t-il donc besoin, pour deviner son sort,
D'attacher ses regards et de lire la mort?
C'est en vain qu'il la fuit; il la trouve à toute heure;
L'artiste la suspend au sein de sa demeure.
Ces bronzes animés, ces portraits glorieux
Où son œil voit revivre une foule d'aïeux,
Décorent ses lambris, relèvent leur richesse,
Et comme des flatteurs chatouillent sa faiblesse.
Hélas! il ne voit pas, de son néant charmé,
Qu'il respire au milieu d'un peuple inanimé.
Le monarque superbe, à qui tout rend hommage,
Voudrait fuir à son tour cette importune image:
En vain pour s'étourdir sur ses derniers instans,
Il s'entoure de jeux, de hochets éclatans:
En vain dans ses banquets tout son faste s'étale.
Le spectre affreux s'assied à la table royale;
Et convive sanglant, d'un œil plein de courroux,
Il désigne la place où tomberont ses coups.
  Qu'est ce monde lui-même? Un tombeau sans mesure.
La terre des vivans, rebelle à la culture,

Ingrate et s'endormant dans son oisiveté,
A la destruction doit la fécondité.
La substance des morts dans ses veines fermente.
Quelle poussière, ô ciel! n'a pas été vivante?
La bèche et la charrue, en nos jardins fleuris,
De nos aïeux en poudre exhument les débris.
Avec l'or des moissons ils flottent et s'unissent
Au pain réparateur dont leurs fils se nourrissent.
Quand l'ame rappelée au trône de son Dieu,
Monte et vole vers lui sur des ailes de feu,
Le soleil de nos corps boit la flamme éthérée.
La terre en ressaisit la dépouille altérée;
Et tous les élémens se disputent entre eux
D'un souverain détruit les restes malheureux.
Ma vue, à cet aspect, d'épouvante glacée...
Ciel! la mort est par-tout, hors dans notre pensé

# NOTE.

Young a traité le même sujet. De toutes les *Nuits* qu'il a composées, il n'en est point où il ait répandu des couleurs plus sombres; mais en même tems plus de désordre et de mauvais goût. *L'oubli de la mort* est un chaos informe où l'on remarque néanmoins des pensées neuves et hardies. J'ai profité de quelques-unes, et j'ai rassemblé dans les extraits suivans tout ce qui m'a semblé le plus digne d'être offert à l'attention du lecteur.

# L'OUBLI
## DE LA MORT.

### FRAGMENS D'YOUNG.

Heureux qui, détrompé des vains plaisirs du monde
Et des objets menteurs où notre espoir se fonde,
Lit le destin des morts écrit en traits poudreux;
Pèse leur froide cendre, et médite sur eux!
  Par quel enchantement, quelle erreur criminelle,
L'homme ne voit-il pas, hideuse sentinelle,
A sa porte veiller l'inexorable Mort?
Elle crie... il l'entend, s'éveille, et... se rendort!
De maux et de périls cette terre semée
En un champ de bataille est en vain transformée:
En vain aux yeux de l'homme, et jusqu'à ses côtés,
Mille braves soldats tombent ensanglantés;
En vain du trait fatal il est atteint lui-même;
Pâle et déja touchant à son heure suprême,

Prêt à s'offrir sans voile aux yeux de l'Eternel,
Environné de morts, il se croit immortel.
Insensés, à minuit nous nous flattons encore
De voir briller les feux d'une nouvelle aurore.
L'espoir, comme une fleur dont l'éclat nous séduit,
Sur un tronc desséché croît et s'épanouit.
O fol aveuglement! qu'un vieillard de notre âge,
Chancelant et courbé, s'offre à notre passage;
Notre œil sur ce terrible et fidèle miroir
S'arrête indifférent, et ne sait rien y voir.
Ce front chauve, ces traits que les rides sillonnent,
Tous ces pas que la mort et la tombe environnent,
Nous les voyons sans trouble et gais comme à vingt ans.
Ce vieillard, disons-nous, ne vivra pas long-tems.
Accablés comme lui de tourmens et d'années,
Nous espérons encor de longues destinées.
Nous croyons (et tel est notre malheureux sort)
Que l'homme à force d'ans triomphe de la Mort.
N'accusons point le ciel de haine et de colère:
Par la mort d'un ami sa bonté nous éclaire.
A travers les détours d'un périlleux chemin,
Pour affermir nos pas le ciel nous tend la main;

Et toujours, repoussant cette main protectrice,
Nous nous traînons sans guide aux bords du précipice.
L'orage gronde encor dans les cieux embrasés,
Et le calme renaît à nos yeux abusés.
Du vaisseau qui s'enfuit sur la plaine liquide
Le passage écumant et le sillon rapide
Se gravent plus long-tems sur les flots orageux
Que dans nos cœurs ingrats les amis de nos jeux.
Vieillards, qui, de la mort fuyant la sage étude,
Partagez ma folie et ma décrépitude,
Si vous n'êtes pas sourds aux funèbres avis
Echappés du sépulcre où dorment vos amis;
Si la Mort dont la faim en espoir vous dévore
Allume vainement son pâle météore,
Regardez-vous du moins, et, tombeaux ambulans,
Lisez sur vous ces mots écrits en traits sanglans,
Ces mots... *tu vas mourir!* Ecrasés par la foudre,
Combien en ce moment sommeillent dans la poudre,
Qui naguère, vêtus d'un manteau radieux,
De la pourpre brillante éblouissaient nos yeux,
Et, du monde à grand bruit parcourant le théâtre,
Assemblaient autour d'eux une foule idolâtre.

D'où peut venir enfin notre sécurité?
Le Trépas contre nous est-il moins irrité?
A-t-il dit? « Je proclame une paix éternelle:
« J'en donne ma promesse et ma foi solennelle;
« L'inévitable faux s'échappe de mes mains,
« Et j'épargne à jamais le reste des humains... »
Non, le mortel, hélas! et la feuille flétrie
Tombent comme autrefois de l'arbre et de la vie.

. . . . . . . . . . . . . . . . . . . . . . . . . . . . .

. . . . . . . . . . . . . . . . . . . . . . . . . . . . .

Voyez ces froids mortels déchus de leurs ancêtres,
Anneaux irréguliers de la chaîne des êtres;
Sybarites charmans, toujours parés de fleurs,
Et toujours revêtus des plus fraîches couleurs.
Insectes voltigeans, papillons infidelles,
Balancés sur la pourpre ou l'émail de leurs ailes,
En nos rians jardins on les voit tour-à-tour
Folâtrer et s'ébattre au vif éclat du jour.
Pour eux l'astre enflammé que l'Orient adore
Sème de diamans les rivages du Maure.
Pour eux l'été mûrit et dore les moissons;
Pour eux le doux printems, ceint de légers festons,

Enchante les bosquets de leurs métamorphoses,
Et l'hiver étonné se couronne de roses.
Que Zéphyr, s'il ne craint d'exciter leur courroux,
Embaume les vallons des parfums les plus doux.
Les élémens, surpris et rendus tributaires,
Remplissent leurs palais de dons involontaires.
Ils boivent à longs traits dans une coupe d'or
Les brillantes liqueurs d'Ormus et de Tidor ;
Et leur faste, usurpant l'air, la terre et les ondes,
Consomme en un festin les présens des deux mondes.
Hommes toujours bercés par des songes trompeurs,
D'un coupable sommeil dissipez les vapeurs.
Pouvez-vous oublier que Dieu, dans sa puissance,
Pour fléchir sous la mort vous donna la naissance.
Quoi! les yeux fascinés par un frivole éclat,
Vous prenez des hochets dans un jour de combat?
Eh bien, que ferez-vous quand la pâle Agonie,
Appelant de ses maux la foule réunie,
Epuisera sur vous le vase des douleurs;
Lorsqu'en vos yeux brûlans se sécheront les pleurs?
Qu'oserez-vous répondre à l'Arbitre suprême
Qui, la foudre à la main, vous jugera lui-même?

Malheureux ! c'en est trop : Prévoyez votre sort.
L'airain autour de vous fait retentir la Mort.
Le Tems fuit à grands pas : l'Éternité menace.
Vers le terme fatal tout se presse et s'entasse.
Que la raison enfin vous prête son flambeau.
D'avance et sans pâlir méditez le tombeau.
O vous ! qui, succombant sous le poids des années,
Promettez à vos vœux de longues destinées,
Vous verra-t-on toujours comme ces vieux ormeaux
Dont les ans et la foudre ont brisé les rameaux,
Sur un sol desséché, couvert de vos ruines,
Pousser encore au loin de stériles racines ?
Vous verra-t-on toujours dans le vague de l'air
Pour saisir un fantôme errant comme l'éclair,
Etendre, promener vos mains impatientes,
De vieillesse et d'ardeur tout à-la-fois tremblantes ;
Et, d'un monde imposteur respirant les poisons,
Oublier de la Mort les terribles leçons ?
Mais lorsqu'autour d'un lit où veillent les alarmes,
Le cœur gros de soupirs et l'œil noyé de larmes,
Debout près d'un ami qui lutte vainement
Contre toute l'horreur de son dernier moment,

Nous soutenons en pleurs sa tête qui succombe,
S'échappe de nos bras et penche vers la tombe,
Alors le charme cesse; alors autour de nous
La terreur épaissit un nuage jaloux;
Nous perdons des plaisirs la trace fugitive,
Et d'un monde riant la douce perspective.
Avertis du néant de nos illusions,
Dans notre sein glacé meurent les passions.
Mais le cercueil à peine a dévoré sa proie,
Un ascendant fatal nous ramène à la joie.
Dans nos yeux obscurcis roulent encor des pleurs,
Et déja l'alégresse habite dans nos cœurs.
Nous devenons bientôt pour l'ami le plus tendre
Aussi froids que le marbre où repose sa cendre;
Plus étrangers à lui que ces troupeaux errans
Qui sur son lit de mort paissent indifférens.

FIN DES VEILLÉES.

# JOB.

## POEME LYRIQUE.

# JOB.

## POEME LYRIQUE.

Long-tems monarque heureux, père, époux adoré,
De l'Orient soumis Job reçut les hommages;
Nul monarque jamais, de sa gloire entouré,
Ne vit autant de jours se lever sans nuages.
L'infortune eut son tour : mille fléaux divers
Au sein de ses états confondent leurs ravages;
La guerre au vol sanglant plane sur ces rivages;
La famine la suit: les cieux toujours ouverts
Vomissent la tempête, et la grêle, et la foudre.
Le roi de l'Orient, accablé de revers,
Sous les feux éternels voit ses cités en poudre.
Des sables de Lybie accourt un vent mortel :
Tout tombe, se flétrit sous son impure haleine;
La Mort couvre de deuil et le mont et la plaine....
L'homme n'a plus d'asile, et Dieu n'a plus d'autel.

Du fléau dévorant Job est atteint lui-même.
Une lèpre hideuse enveloppe son corps;
Le mal de son courage a brisé les ressorts;
Contre le roi des rois il s'emporte et blasphême.
Seul, en cris furieux exhalant ses douleurs,
Il se traîne, il s'assied sur un fumier immonde,
Et, tournant vers les cieux son œil mouillé de pleu
Il insulte en ces mots à l'arbitre du monde.
« L'épouvante et la mort environnent mes pas;
« Pour jamais l'espérance à mon cœur est ravie:
« Impitoyable Dieu que je ne connois pas,
« T'avais-je demandé le présent de la vie? »

Il achevait ces mots; un éclair pâlissant
Vient luire tout-à-coup à sa vue alarmée;
Il entend une voix, la voix du Tout-Puissant
Tonne et sort en courroux de la nue enflammée.
« Qui blâme insolemment ma justice et ma loi?
« D'où partent ces clameurs? Quel mortel témér
« Du sein de son néant s'élève jusqu'à moi,
« Et de mes volontés veut sonder le mystère?

« Toi qui me condamnais, ose m'envisager;
« Soutiens, si tu le peux, l'éclat qui m'environne;
« Prête l'oreille, Job, Dieu va t'interroger;
« Et si tu me réponds, ma bonté te pardonne.,
« Que faisais-tu le jour où naquit l'univers?
« Est-ce toi qui, porté sur un trône d'éclairs,
« Des ombres du chaos où sommeillaient les mondes,
« Fis jaillir la lumière, et les vents et les ondes;
« Dont la main suspendit à la voûte des cieux
« Ces lustres d'or flottans, ces anneaux radieux;
« Toi qui dis à la mer: Respecte tes limites;
« Aux astres de la nuit: roulez dans vos orbites;
« Au printems: couvre-toi de fleurs et de festons;
« A l'été: fais éclore et mûrir les moissons;
« A l'automne: de fruits compose ta ceinture;
« A l'hiver: dors en paix sur un lit de froidure?
« Es-tu maître des cieux? A l'horizon vermeil
« Au bord du firmament qu'un éclat pur colore,
« Sur un trône d'opale assieds-tu le soleil,
« Et dans son lit de pourpre éveilles-tu l'aurore?

« Es-tu l'artisan des chaleurs?
« Sur la terre fertilisée
« Fais-tu descendre les vapeurs
« Et les perles de la rosée?
« Echappé tout-à-coup de l'antre des hivers,
« Ton souffle d'un voile de glace
« Enveloppe-t-il la surface
« Des ruisseaux vagabonds et des bruyantes mers
« Montes-tu sur les vents? Peux-tu dans les nuag
« Cacher ton front majestueux?
« Au seul bruit de ta voix le nord impétueux
« Ouvre-t-il en grondant l'arsenal des orages?

« Devant les pâles matelots
« Fais-tu reculer la tempête?
« Tes pieds marchent-ils sous les flots
« Quand les flots grondent sur ta tête?
« Ton œil connaît-il les trésors
« Que la mer couvre de ses ombres?
« Vivant, de l'empire des morts
« As-tu franchi les routes sombres?

« Si l'homme, à mes pas attaché,
« A vu s'animer la matière,
« Et dans les champs de la lumière
« Resplendir le monde ébauché,
« Il doit savoir en quelles plaines
« L'obscurité tient son séjour,
« Et sur quelles rives lointaines
« Est assis le berceau du jour.

« Quelle main forge le tonnerre,
« Sur des ailes de feu balance les éclairs,
« Et sous les élémens divisés par la guerre,
« Fait frémir et trembler les airs ?
« Au milieu d'une nuit profonde
« Qui hérissa les cheveux flamboyans
« De la comete vagabonde ?
« Qui déploya sa queue en replis ondoyans ?
« De ton pouvoir fatale messagère,
« Ceinte d'épouvante et d'horreur,
« Va-t-elle aux nations parler de ta colère,
« Et sur le front des rois secouer la terreur ?

« Mais peut-être c'est toi qui rafraîchis les plaines,
« Qui verses les torrens de la fertilité;
« En gerbes de cristal fais jaillir les fontaines,
« Tempères au midi les ardeurs de l'été.
« Toi qui de mes secrets heureux dépositaire,
« Dans un désert aride, inconnu des humains,
« Sur le sommet d'un roc fécondé par tes mains,
« Offres à l'œil du jour la rose solitaire.

« Nomme celui dont le savoir
« Enseigne aux oiseaux leur langage;
« Dont le mystérieux pouvoir
« Du paon étoile le plumage,
« Le nuance d'or et d'azur,
« Et sur sa tête triomphante
« Place une aigrette éblouissante
« Qui rayonne aux feux d'un jour pur.

« Lève-toi dans ta force, et commande aux étoiles
« D'illuminer le firmament.

« Homme insensé, fantôme d'un moment,
« Dis à la sombre Nuit de déployer ses voiles,
« Ou contre l'univers justement irrité,
« Fais mugir les volcans, soulève les tempêtes,
« Tonne sur les pervers, et fais pencher leurs têtes
« Comme l'épi par les vents agité.

« Suis dans son vol l'aigle superbe :
« Elle affronte l'éclat d'un soleil radieux,
« Plane dans ses rayons, et du sommet des cieux
« Démêle un ver rampant sous l'herbe.

« Quand les nuages pluvieux
« Attristent le front de l'année,
« A l'hirondelle fortunée
« Permets-tu de changer de lieux?
« Elle vole en d'autres contrées
« Où les zéphires caressans
« De leurs haleines tempérées
« Parfument les gazons naissans;

« La Paix escorte ses voyages,
« Et dans mille climats nouveaux
« Pour elle croissent des feuillages,
« Et murmurent de clairs ruisseaux.

« Vois le cheval guerrier : le clairon du carnage
« Frappe-t-il l'air d'un bruit qui plaît à son courage,
« Le feu roule et jaillit de ses naseaux fumans ;
« L'écho lointain répond à ses hennissemens :
« Vois son œil réfléchir les éclairs de ta lance.
« Sous ta main qui le guide il frémit, il s'élance,
« Il court les crins épars ; la poudre des sillons
« Sous ses pieds belliqueux s'envole en tourbillons.
« Insensible au trépas qui par-tout le menace,
« Il perd des flots de sang sans perdre son audace ;
« Il cède, il tombe enfin, mais sans se démentir ;
« Et la mort à son cœur n'arrache aucun soupir,

« As-tu réglé dans ta sagesse
« Quel nombre de jours et de mois

« La biche, malgré sa faiblesse,
« Du fardeau maternel peut supporter le poids ?
« Exempts des misères humaines,
« A peine leurs yeux sont ouverts,
« Ses petits vont bondir sous les ombrages verts,
« Ou se désaltérer dans les sources prochaines.

« Va sur les bords du Nil qu'entourent les roseaux.
« Suspends à la ligne mordante
« L'énorme crocodile habitant de ses eaux.
« Sur le sable à tes pieds vois sa rage expirante.
« Fuis plutôt si tu crains la mort...
« Le héros devant lui sent fléchir son audace;
« Il n'ose réveiller le monstre qui s'endort,
« Et du fleuve sacré couvre au loin la surface:
« Mais s'il se dresse sur les flots,
« Quel guerrier de Memphis, nourri dans les batailles,
« Put jamais de son sang teindre ses javelots,
« Et porter en triomphe une de ses écailles?
« Rempart impénétrable, il brave le trépas;

« Sur ses membres d'acier le fer vole en éclats;
« La flèche rejaillit... Lorsque la foudre gronde
« Son oreille en aime le bruit:
« La tempête le réjouit,
« Et d'un cri d'alégresse il fait retentir l'onde.

« Dans l'univers cherche mon bienfaiteur:
« Qu'il se montre celui dont la main souveraine
« M'offre dans l'esclavage un appui protecteur,
« Et sans effort brise ma chaine:
« Jette les yeux autour de toi;
« Les fleuves, les vallons, les ruisseaux, les prairie
« Les bois épais, les collines fleuries,
« Tout m'appartient; le jour et la nuit sont à moi.
« Debout, au sein de la lumière,
« Je règne sur tous les climats,
« Et les astres sont la poussière
« Qu'avec dédain foulent mes pas.
« Je suis l'auteur de la nature;
« Le destin est ma volonté;

« L'espace me sert de ceinture,
« Et mon âge est l'éternité.
« Mortel que je viens de confondre,
« Toi qui blasphémais ma bonté,
« Maintenant ose me répondre?

Dieu se tait, et les cieux frémissent à sa voix.
Job connut son forfait; et des larmes amères,
S'échappant de ses yeux, attestent à-la-fois
« Sa honte et ses regrets sincères.
« O Dieu que j'offensais, pardonne à mon erreur,
« J'aperçois mon néant et mon ingratitude.
« Ton aspect dans mon ame a jeté la terreur;
« Mais que je sois présent à ta sollicitude!
« Dans le deuil et les pleurs, soumis à mon devoir,
« Je nourrirai sans cesse un remords salutaire;
« L'homme ne naquit point pour sonder ton pouvoir,
« Mais pour t'adorer et se taire. »

FIN.

# TABLE.

## PREMIERE VEILLÉE.



## SECONDE VEILLÉE.



## TROISIEME VEILLÉE.

## QUATRIEME VEILLÉE.



## CINQUIEME VEILLÉE.

www.ingramcontent.com/pod-product-compliance
Lightning Source LLC
LaVergne TN
LVHW012014220826
846092LV00001B/345

* 9 7 8 2 3 2 9 2 2 1 3 4 2 *